m

—————— 阅读之前 没有真相

午夜文库

侦探电影

[日] 我孙子武丸 著

郑晓蕾 译

新 星 出 版 社　NEW STAR PRESS

目录

1	预告篇
7	第一章 开拍
45	第二章 拍摄中止
72	第三章 善后处理
99	第四章 主管会议
130	第五章 凶手太多了
159	第六章 完成剧本
187	第七章 再次开拍
212	第八章 杀青？
250	《幕后花絮 of 侦探电影》
252	后　记
255	文春文库版的后记及补遗
260	电影引用索引表

预告篇

昏暗的室内。一个男人独自坐在大约二十把椅子的中间位置，身子如同陷进去一般。

男人高高举起左手，"啪"地打了个响指。与此同时，耀眼的四棱锥形白色光柱突然出现在他头顶上方。棱锥的底面就位于男人正对面的银幕上，顶点是他身后墙壁的中央。

巨大的数字出现在银幕中。

5、4、3、2、1……

光柱消失，银幕重归黑暗。但与刚才不同，这次是制作、放映出来的黑暗。

银幕变暗的同时音乐声响起。是渐强的、让人心生不安的交响乐声。

"舞台是……"

画外音是低沉的男中音，粗体字同时铺满整个银幕。下一瞬间，银幕中一栋洋房出现在雷声轰鸣的森林中。

男中音继续响起，音量盖过了雷鸣声。

"被暴风雨封锁的宅邸……"

在一声更大的雷鸣响过之后，音乐变成管风琴乐，镜头在雅致的室内滑行，从玄关前厅到楼梯、卧室、阳台，还有后院，以及更远处的黑暗森林。

"在此处发生的奇怪杀人案……"

画面是骚乱不宁的森林，年轻女性的惨叫声响起。没有出现人影。

"苦恼的侦探……"

餐厅。镜头捕捉到细长餐桌的一端。正面的壁炉上方是某人的肖像画。餐桌上铺着白色桌布，摆着点燃的烛台，却不见菜肴和用餐者。

"凶手是谁……"

闪电将某人的影子短暂地显映在卧室窗外。

"无人知晓……"

盯着这一幕的男人嘴角扭曲了。男人似乎是想笑的。

男中音加重了力度。

"无论演员，还是工作人员，都不知道这部电影的结局！"

镜头切回宅邸的全景。

"仅有一人，仅有这部电影的导演例外……"

画面再次回到餐厅。只是这次灯光全都熄灭，在不时的电光闪烁中，可以看到一个男人深沉地坐在壁炉前。

"制片、导演、编剧，就是这个男人——"

镜头爬行般来到桌子上方，放大男人的脸。镜头定格在这张脸上，这张在闪电中显露出来的脸孔，正酷似此时盯着银幕的男人。

骰子般四方形的小脑袋上，肆意生长着浅色的稀疏头发。小小耳朵下方鬓角处的毛发却十分乌黑浓密，与下巴、嘴边、脸颊的胡须汇聚在一起，连成一片。黑框眼镜厚重的镜片后，那双眼眸散发出一种纯粹的光芒，既有纯洁，亦有疯狂。

镜头定格在此，字幕进入画面。

制片·导演·编剧 大柳登志藏

接着是画外音。

"只有这个男人知道谁是真正的凶手，知道这部电影的结局。这部电影的片名是——"

黑底白色的巨大粗体字"侦探电影"出现在画面中。

没有任何修饰，也没有音乐。

接着又出现"明年春天隆重上映"的字幕，影片似乎在此处结束了。

屏幕一瞬间炫目般地亮起来，又马上变暗。灯光随后点亮。

男人仍然在盯着屏幕，脸上还挂着笑容，但片刻之后他的表情渐渐变得严肃起来。

门开了,一名年轻男子走进来。是负责放映的人。

"您、您觉得如何?"他边用舌头舔着嘴唇,边结结巴巴地问。

男人保持朝前的姿势,只点了点头。

"这就可以。"

低沉的男中音与影片的画外音一样。

年轻男子似乎还觉得不够好,在男人身后踌躇徘徊着,所以男人又重复道:"这就足够了。"

"可是那个……"

男人转头,目光锐利地看向他。

"什么事?"

"这么拍,真的没问题吗?"

"怎么了?这么拍怎么不行了?宣传越早开始越好。资金到位了,上映的电影院也敲定了,工作人员和设备也就齐备了。之后——"

"'就差把演员们召集起来宣布"开拍"了',是吧。"

年轻男子接过话头,说出男人的口头禅,但此时他发出的那声叹息却没能逃过男人的耳朵。

"正是!你是想说这么做不对吗?"

年轻男子不会说谎,所以他选择沉默。只要是个正常的影视圈内人士,不,即便不是圈内人,也不会当面去跟"电影导演狂人"大柳登志藏唱反调。

若是想造就新的传奇，那自当另说。

大柳登志藏叫道："整部影片在我的头脑中都已经完成啦。每一帧都有，听好了，每一帧哦。"

年轻人受到诱惑，终于提出了一个致命性的问题。

"哎……那您一共打算拍多少帧呢？"

导演无言以对，怒目直视着愚蠢的年轻人。

年轻人终于意识到自己犯下的错误，慌忙补充道："不、不是，我其实是想问您，时间大概要多久呢？到底，计、计划需要多、多少分钟呢？"

年轻人后背接连不断地淌下一道道冷汗，脑中浮现出多种不祥的想象。

那是数年后，那些圈子里的家伙在某处酒馆里聊到自己时的情景。

（"知道吗？听说以前有个家伙问大柳'一共打算拍摄多少帧？'""这人是傻子吗？之后呢，这家伙怎么样了？""听说蛋蛋被捏爆了啊，现在在给ＸＸ当情人呢"）

然而，他幸运得令人难以置信，导演今天貌似心情极好，对此只是一笑置之。

"时间吗？很遗憾，这个可不能告诉你。嗯——我想想啊，应该在一个小时到三个小时之间吧。"

导演说完，扑哧一笑。

年轻人还是没法相信自己竟然如此走运，一脸惊诧地盯着这个男人。"鬼才"大柳登志藏在这个年轻人面前，笑声逐渐高亢起来。

他笑得如此歇斯底里，年轻人甚至在想，导演是不是被蒙提·派森①发明的"爆笑炸弹"给击中了。

然而，不知是幸运还是不幸，导演在狂笑到要背过气去之前，突然不笑了。

"看我骗过你们所有人。"

导演像是被恶灵附体般低声咒念。

年轻人闭口不言，装作什么都没听到。

导演就坐在那里抬头看向年轻人，这次他的声音又大了一些。

"是所有人哦——你懂了吗？"

"懂了。"

年轻人条件反射般地回答，但他自然是完全不懂。此时此刻，他的头脑中只有一个念头，那就是，要尽快逃离这个危险的男人，不能再多待一秒。

导演一脸得意地再次重复道："看我骗过你们所有人。"

---

① Monty Python，英国六人喜剧团体，有"喜剧界的披头士"之称。

第一章　开拍

1

　　拍摄首日，导演还是像往常一样迟到了，但似乎没人对他的迟到表示不满。剧组成员正各自随意地坐在布景的里面、外面或是上面聊工作，聊最近看的电影，聊别人的八卦。看到与大柳导演共事时间比我还长的首席副导演和第二副导演的样子，就知道今天或许可以取消拍摄了。不用工作我倒是开心，但对于我们这种没钱的剧组来说真是好事吗？导演他究竟知不知道延迟一天要花多少钱？就算片场的租金是按整部影片计算，多少可以睁只眼闭只眼，但摄影器材的租金和人工费可没法这么算。

　　片场位于横滨附近的私铁沿线，自不必说是属于大型影视公司的，里面有十二个巨大的仓库状的影棚，除了我们目前使用的这间，只有一间有人在用。近年来无论哪个片场接拍电影的数量都显著减少。我们租了离正门最远、最靠里的影棚，正把租来的设备搬进来，准备开始拍摄。

"喂，老三，给大家泡杯咖啡吧。"

首席副导演久本开口，我只能沉默着站起身。一共就三位副导演，所以一切杂务都压到三人中级别最低的人，也就是我身上。

影棚一角备有热水壶，我刚走到那里，场记永末美奈子就从塑料袋里掏出纸杯，帮忙摆放好。她是个长发、有点吊眼梢的高个子女生。

"啊，没事，我来。"

我慌忙要从她手里拿过装纸杯的塑料袋，但她笑着没给我。

"没关系啦。拍摄取消的话，我也没事做啊。"

永末美奈子——准确年龄不详，但貌似今年刚大学毕业，推测是二十二岁，比我小两岁左右。两年前我来时她就已经在这里打工了，这次导演亲自提拔她担任场记。场记这个工作，听上去好像没那么重要，但其实必须要掌握一切拍摄相关的进度，说是导演的左右手也不为过。通常这种工作不会交给她这样一个年轻姑娘来负责，但无论导演还是其他员工似乎都对此毫不担心。

或许是因为比我更熟悉片场，她身上莫名带着一种成熟，着实让我有些自惭形秽。蓝色牛仔裤搭配运动卫衣——印有"F.M.W"的大 LOGO——即便穿着打扮跟我一样，那种成熟感也丝毫不受影响。一米六五的身高，跟我相差无几，也是让我自惭形秽的原因之一。综上，我之前都没什么机会跟她说话。

"跟着导演那样的人干活，很辛苦吧。"

美奈子话说得极其自然，我不禁点头。

"啊，没错……不不，也没有啦。"

我慌忙否认，扭头看向身后。还好还好。导演还没来。

"你为什么要进这种小制片公司呢？"她将咖啡倒进纸杯，又问道。

这个FMW——Film Makers Workshop——的确是个小公司。这是大柳导演和一直追随他的几名老员工创立的独立制片公司。薪水低不说，什么时候就会倒闭也说不定。

"我想向导演学习。因为放眼全日本也找不出几个能拍好娱乐悬疑影片的导演……那永末你呢，又为什么？"

我这么反问，其实就是想稍微掩饰一下自己的害羞。

"我？我其实……就是打打工啦。"

永末美奈子好像有些欲言又止。她耸耸肩，就把咖啡端去分给其他人。我把视线从她紧绷的牛仔裤上移开，朝演员们那边走去。

布景和外墙之间的昏暗空间里摆放了几把折叠椅，他们在那里相聊甚欢。

"现如今还拍什么推理电影，那导演到底在想什么啊？"

说话的是莲见光太郎，他应该算是本次拍摄的核心演员（说应该，是因为除了导演谁都没拿到结尾部分的剧本）。说是演员，其实就是舞台表演，演电影似乎还是头一次，我之前都不知道他的长相。浓重有力的眉毛搭配深邃的脸孔，确实可以称得上美男子，但他有些矮，身材也不好。跟我差不多高，应该不到一米七吧。他这种类型的演员是否能胜任主角，还挺难判断——虽然我也没什么判断力。

"哎呀，这种电影最近很少见，不是也不错吗？我之前很喜欢啊……金田一耕助。"

这位是清原美玲。好像演过一些电视剧，但我都没看过。可我在电视广告上见过她。是洗衣液广告，她扮演的是一位因去污酶强劲的洁净力而吃惊的主妇。但看起来她并没有多吃惊，也并不像主妇，我觉得她演酒馆的美女老板娘更合适。算是个没什么生活气息的人。

"来杯咖啡吧。"

刚走近这边，所有人就都举起了手，我将咖啡逐杯递到每个人手里。有六个人。坐在莲见和美玲后面的是资深配角细川拓也、一个名叫西田贵弘的新人、给人感觉像是严肃老处女（其实已经结婚）的森美树，还有最老的——不，最年长的薮内善造。这六人，几乎就是出演密室剧《侦探电影》的全部阵容了。

"噢，谢谢……傻不傻啊！"细川说。

一瞬间我以为他在说我,但貌似说的是美玲。咖啡还剩一杯,我决定自己喝,顺便听听他们在聊什么。我靠着墙——当然不是背景墙,而是外墙,吸溜着这杯除了热乎之外毫无其他可取之处的FMW特调咖啡。

"不是有那种两小时电视剧场吗,每周都能观看推理或悬疑剧是吧?这种片子就算免费都没人会到电影院去看,怎么还会花高价看啊。"

"说得也是……"美玲赞同道,陷入了沉默。

我畏畏缩缩地插了句嘴:"大柳导演他……"

众人一齐扭头看向我这边。

"啊,我是第三副导演立原——莲见先生您说得很对,可大柳导演说,他要让悬疑重新回归到电影中……他说,哪能这么一直只靠电视啊。"

没有人说任何话。要是我不多这个嘴就好了。就在我觉得无地自容想离开这个尴尬之地时——

"这么说来,克里斯蒂[①]的电影也一度拍过好多部呢。"

坐在莲见身后的细川拓也咕哝了一句。他体形圆润,跟名字可不太相符。他这次饰演医生。虽然年纪跟莲见一样也是三十出头,但化完妆,扮成五十来岁的样子也很容易。我

[①] 英国侦探小说作家阿加莎·克里斯蒂的许多作品都被改编成了影视剧,下面提到的《尼罗河上的惨案》《东方快车谋杀案》均为影史经典,演员阵容豪华。《尼罗河上的惨案》由彼得·乌斯蒂诺夫、米娅·法罗、大卫·尼文、蓓蒂·戴维斯、玛吉·史密斯等出演,《东方快车谋杀案》由阿尔伯特·芬尼、劳伦·白考尔、英格丽·褒曼、肖恩·康纳利等出演。

觉得他非常适合这个角色。派头也有，更重要的是他看上去有智慧。

"'尼罗河'很有意思啊。但其他嘛……"莲见说。

"不不，新近拍得最好的应该是'东快'吧？'尼罗河'竟然让彼得·乌斯蒂诺夫饰演波洛，简直令人难以忍受。说到底还得是阿尔伯特·芬尼好啊，原作中的形象就是给他量身定制的嘛。"细川用毋庸置疑的口吻断言道。

"说起来，英格丽·褒曼也出演了呢……"美玲说。

"褒曼还靠这部电影拿到了奥斯卡金像奖呢。最佳女配角。"

我终于忍不住开口。一聊到电影，我就会忍不住连一些无聊的事都讲出来。这习惯可不好。

细川赞赏般地看了我一眼，但我不知道他是赞赏褒曼获得奥斯卡奖，还是赞赏我能记住这件事。

"是吗……可这种纯粹解谜的电影还是更适合全明星阵容吧。'东快'就是个好例子。所有乘客都是嫌疑人，但每个都是家喻户晓的明星，无论谁是真凶都不奇怪。结局……不是那个吗？知不知道结局都很享受的。但本格推理本来就不适合拍成电影，这是常识。连希区柯克都是这么说的。"

细川讥讽般地歪着嘴说道，叼一根烟点上了火。

我也认为他说得没错。一部没有动作场面的纯粹解谜的影片，若是全明星阵容还好，用这群不知名的家伙（抱歉对他们失礼了）还真就撑不起来。虽然导演说过什么"全明星阵容和全不知名阵容差不多",可是……

莲见边点头边插嘴道:"可以说本格推理本身就已经落后于时代了,还要设定一个古典场景来拍成电影,他这是什么脑回路啊。"

莲见或许是不了解大柳导演,竟然一脸淡定地说出这么可怕的话。

"可导演肯定是有什么企图吧。没告诉任何人谁是真正的凶手就开拍,这也太不寻常了。"

这些演员中最年轻的西田——他还是高一的学生——从后面探身,加入了聊天。他最近刚开始去艺人培训班,是"备受期待的新人"。那张中性化的扁平面孔,我是无论如何也喜欢不起来的,但或许挺招年轻女孩子喜欢——如果美少年风还流行的话。

"不是不寻常,是明显异常。你们工作人员不会全都知道吧?"

细川这么说,敏锐的目光刺向我。其他人也一齐看我。那目光就像在看凶手。

我慌忙摆手。

"怎么可能!至少我个人,除了给我的剧本,其他一概不知啊。"

"哦……如果你说的是真的,导演到底在想什么啊。他是不是想到了前所未有的全新的诡计——"

"怎么可能？推理界哪还有什么新诡计啊。就算有什么变化，也是换汤不换药。"

貌似莲见就是诡计枯竭论者之一。

"也不是吧。若是叙诡之类，我觉得还有创新的可能。"

细川把我想说的话抢先说了。

"叙……叙诡？是什么啊？"

对于美玲的疑问，细川满脸开心地予以说明。

"一般来说，叙诡的定义就是作者给读者设置的诡计，不同于作品中凶手设置的诡计，单纯是为了欺骗读者……你想想看，在小说里，登场人物的样貌和场景都看不到吧？就是利用这点反其道而行之，对读者隐瞒重点。"

"不是很懂……"

"嗯……举个例子。主人公是一位美国警察，他去调查、解决某个案件。到作品的最后，作者才挑明这位警察是个黑人，但这又和书里的案件没有直接关系……老实说真的让我吃了一惊，或许对美国人来说更震撼。"

美玲先是一脸佩服地点了点头，才说道："哎……可是，这种作品没法拍成电影。"

"是啊。叙诡基本上只能用在小说里。"细川说。

美玲暧昧地点头。

貌似没有任何人反对，我开了口。

"我觉得不对。"

"你说哪里不对?"细川很感兴趣地抬头看向我。

我舔了舔嘴唇继续说:"当然,有的叙诡只有小说里才能用,但有的叙诡可以用画面表现,甚至还有些诡计只能用画面来呈现。"

"比如?"

"比如……《疯狂的麦克斯2》。"

我满怀自信地回答,但似乎没有一个人懂。

细川皱着眉问我:"你说什么?《疯狂的麦克斯》?别开玩笑了。那个哪里——"

"不是《疯狂的麦克斯》,是《疯狂的麦克斯2》。大家都没看过吗?"

"好像看过。第三部我也看了。虽然有点后悔——第二部就是那一部吧,在类似于荒漠基地的地方,有一群暴走族来袭击他的那部?"

我重重点头。

"就是那部。那部电影是嵌套式结构的。还记得吗?有个人在讲述主人公麦克斯的故事,他所讲的内容就是那部电影。情节继续推进,也没人知道影片最初的讲述人是谁,这期间观众就会忘记这个设定——至少我是忘掉了。然后到了结尾,影片才揭示出讲述这段故事的那个人是谁。这就是那部影片的拍摄手法。"

细川把手指放在嘴唇上，一副在拼命思考的表情。

"嗯嗯嗯……听你这么一说我也有这个感觉。可这算不上是叙诡吧？"

"我觉得一样啊。众所周知，电影不像小说那样有清晰的视角。电影语法中有没有暂且不提，但严格来讲电影是没有视角的，除了《湖上艳尸》那种奇怪的电影。普通观众在看电影时，根本不会留意每个场景都是谁的视角。《疯狂的麦克斯2》正是利用了这点。"

"可是……那部电影中也有那个讲述者不在的场景，不是吗？"

一语中的。

"嗯……那个或许对观众不太公平……可故事里混杂一些传闻也并不奇怪啊。"

说完，我又想到了一部电影。

"还有《圣洛伦佐之夜》，是塔维亚尼兄弟导演的电影。"

美玲的眼睛一亮。

"啊，是《早安巴比伦》的导演？我特别喜欢那一部！"

"是的。这部影片的结构是由一位经历过意大利内战时期的少女，在长大成人后，躺在床上讲述当时发生的事。影片开头的画面是这样的，镜头从敞开的卧室窗子和星空向后拉远，可以看到一位躺在窗边的女子在和某人说话。这种情况下，讲述者是谁就很清楚了。"

细川的目光锐利起来。

"讲述者很清楚，那就是说，影片隐瞒了倾听者的身份，是吗？"

这个人跟外表看上去一样，相当敏锐。

"正是如此。她讲述完——也就是影片的最后，画面回到最初的场景，镜头继续拉远，观众才第一次看到倾听者……这部影片发售了录像带，希望大家能看一下。有些粗心的影片介绍会剧透，还是不看为好。若是在不知情的状态下观看，绝对会很感动……不过就算知道剧情，也会觉得是部好电影。"

这话或许有点夸大了，我想。看电影是否感动因人而异，况且若是期望值太高，反倒会感觉名不副实。

"知道了。我绝对会看的。"

美玲言之凿凿，满脸开心。我对美玲的评价因此一秒飙升。

"要是还有其他类似的电影，也告诉我。"

女演员般的美女——她也姑且真算是女演员——都这么说了，我本来也不是那种谨言慎行的人，理所当然会逐渐得意忘形起来。

"我想想啊……比利·怀尔德的《丽人劫》您看过吗？说起怀尔德，他拍的《控方证人》和《日落大道》比较有名，但这部影片也很好看。原作者名叫托马斯·特莱昂，但我觉得影片比原作要好太多。原作是一部叫作 *Fedora* 的中篇小说，电影英文片名也叫这个，但后来取了个莫名其妙的日文片名①，让很多人以为这就是部爱情片，从而错过了。"

"等、等一下。你一下说这么多我记不住啊。有没有纸笔什么的记录一下。"

美玲四下张望，但自然没人随身带这些。突然身后伸出一支拿着便笺纸和铅笔的手，吓了我一跳。

"请用这个吧。"

是美奈子。不知她是何时开始站在我身后听我们说话的。她冲我莞尔一笑，难不成这有什么深意？她把纸笔递给美玲，就在我身旁跟我一样倚墙而立。

"啊，谢谢……刚说的是什么来着？"美玲拿好铅笔，问我。

我收回视线，回想刚才说到哪里了。

"《丽人劫》，是比利·怀尔德拍的。虽然不能称之为叙诡，但片头是以一位自杀身亡、名叫 Fedora 的知名女星的盛大葬礼开始的，然后是倒叙，为观众展现她自杀前的生平……这部影片之所以能把观众骗得团团转，正是因为把葬礼放到了影片的开头。嗯，说太多恐怕就剧透了……说起怀尔德，还有一部电影叫《爱玛姑娘》，虽然是喜剧片，但也可

---

①日文片名为《悲愁》。

以当作推理片来看,很有趣。"

莲见突然仰天大叫:"啊啊!杰克·莱蒙!雪莉·麦克雷恩!"

"确实是一部很有意思的影片,不过哪有诡计啊?"细川问道,硬是将视线从放声大叫的莲见身上移开。

"嗯,是没什么。但我喜欢最后的结局,有些像约翰·迪克森·卡尔的《燃烧的法庭》。还有一部不知算不算叙诡……叫《谍海军魂》,是推理小说《杀局》[①]第二次被改编成电影。这部影片使用了相当卑劣的拍摄手法,让人吃惊。它也和《丽人劫》一样,开场是主演凯文·科斯特纳正在一处类似审讯室的地点受到咄咄逼人的问讯,之后是倒叙。总之就是部悬疑片,主人公似乎就要被冤枉成杀人凶手了……"

"说到底,也是老套的剧情吧,主人公其实就是真凶那种?"细川一脸无聊地嗤之以鼻。

对他的说法,我既没有否定也没有肯定。

"嗯,怎么说呢……对了,还有一部电影叫《葬尸》,也不是叙诡之类的手法,单纯是一部结局不太公平的影片。"

美玲的眼睛比刚才还亮。没想到她似乎很喜欢恐怖片。

"是不是有僵尸的那部片子,某个岛上全都是僵尸那部?"

我歪头想了想。

---

①美国作家肯尼斯·菲林的小说 *The Big Clock*。

"您说的大概是卢西奥·弗尔兹的《僵尸》,确实片名相似[①]啊。《葬尸》里全都是僵尸的地方在一个乡下小镇,主角是个警长。"

"哎?不是被带倒刺的木头刺中眼球的那部吗?看上去可真疼啊,那个镜头。"

美玲这么说着,似乎被刺中眼睛的是她自己,但她看上去却开心得不得了。

"那个是《僵尸》……但《葬尸》中也有刺眼球的镜头,用的是针头。"

听我这么说,美玲一脸欢喜地记了下来。看来她挺喜欢刺眼球的影片。

"不管内容如何,这个片名可真够呛。《葬尸》?这种电影,倒找我钱我都不想看啊。"细川似乎不吐不快。

他的心情我非常理解,但无论是《葬尸》还是《僵尸》,都是国人擅自取的毫无意义、只为烘托氛围的片名,责任不在制片方。毫无技术含量地直接把英文片名搬过来的做法虽然也很过分,但这种乱取片名的做法更过分——不过影片的内容确实也一般,这样或许正好般配。

"我想起一部更变态的影片。片名是《圣山》,导演是亚历桑德罗·佐杜洛夫斯基。这个导演之前拍过《鼹鼠》,里面

[①] 两部电影的日语片名"サンゲリア(《僵尸》)"与"ゾンゲリア(《葬尸》)"发音相似。

有好多畸形人。"

"有趣吗？"

美玲问道，我不知道该怎么回答。

"喜欢猎奇的人或许觉得有意思。这个人不仅是导演，还一个人兼任编剧、配乐，还有主演。导演亲自担任主演，这是个亮点。剧情是包括主角在内的一群怪人前往圣山，但到了影片结尾，主角兼导演说了句'这是部电影'，然后就剧终了。"

细川的表情像是小鬼被超度了一般，他呻吟道："怎么可能……真的啊？"

看我点头，莲见开口道："这不就是噱头吗？如果这种也算，那我也知道一部。我记得是梅尔·布鲁克斯的电影。镜头从窗外拍摄房子里的人，然后镜头慢慢靠近，人物也逐渐拉近……突然，哐当！"

莲见像冈本太郎那样张开双臂，大声说道。美玲被吓得差点从椅子上站起来。

"是摄影机靠得太近，把窗玻璃撞碎了。片中人物吓了一跳，一齐看向摄影机的方向。这之后的剧情是，镜头又表达歉意般地逐渐拉远。那才真是可笑啊。"

他独自痴痴窃笑，可其他人脸上浮现的都是困惑的笑容，貌似完全没理解笑点。想用语言去传达梅尔·布鲁克斯的有趣之处或许是徒劳。

我说道："您说的是《恐高症》吧。那部影片还有其他搞笑的设计呢，电影的背景音效把剧中人吓到之类的——我觉得不管是诡计还是噱头，目的都一样，就是想出人意料，所以手法自然也会相似。作者亲自出演作品的噱头和梅尔·布鲁克斯的噱头或许都可以归纳为自我参照类的噱头。使用刚才提到的这种非常类似于噱头的手法，来表达那一系列匪夷所思的事态从头到尾都是在拍电影，这还是挺常见的，但我认为这既可以看作是噱头，也可以看作是叙诡。文字中看不到实际的人物和风景，电影里似乎是能看到一切，其实取景框外面是什么观众却完全看不到，这点和文字是一样的，也可以说是利用了这一点的叙诡吧。只是若使用这种手法，不一镜到底的话对观众就不太公平了，但貌似还没有一位电影人能想到这点。"

我闭口，感觉自己是不是有点说多了。细川却把两条粗壮的手臂交叉架在肚子上，咕哝道："嗯……确实啊……小说也是，小说里也有许多把书中书作为诡计的题材……嗯……叙诡啊……"

美玲和西田等人不知道为何挺扫兴。看来我又长篇大论了很多没人爱听的话。

正在这时，胶合板另一边响起了熟悉的破锣嗓子。

"老三！场记！都哪儿去了！演员还没集合吗！要开拍了！"

毫无疑问，这就是我们大柳登志藏导演的怒吼声。布景中响起慌乱的脚步声、互相搭话声和低低的咒骂声等。我们也慌忙站起来。

美奈子把小手"啪"地搭在我的肩头，朝我微笑道："走吧。"

我吓了一跳。我真是不习惯这种肢体接触。这姑娘是不是对我有意思？我想着，心中小鹿乱撞。不不不不可能，要是对我有意思，才不会这么面不改色心不跳地碰我呢。这想法来迟一步，没能及时压制最初那个想法冒头。

"你怎么啦？"

她轻轻歪头，盯着我的脸看。

"啊，没、没什么……"

此刻，导演的吼声再次响起。

"老三！哪儿——去——了！"

我跑了出去。

2

不知为何，大柳导演这次一定坚持要完全按剧本顺序拍摄，恐怕他是想让我们这些对影片中的凶手毫不知情的人随心所欲地去推理。可S1到S4都是外景，计划在后天拍摄，所以今天就从S5开始拍。

"重来！"导演叫道。

他的声音自然已经足够大，但首席副导演久本又用尽全力大声重复了一次。

"S5，设备调试。"

七次彩排再加三次带机走戏。虽然片场外刮起了秋风，但布景内却已因灯光和人散发出的热量而酷热难耐。

每位演员都已就位。有人表情中流露出不满，有人慌忙用毛巾擦拭额头上冒出的汗珠，但没有一个人抱怨。

摄影指导玉置一边端着曝光表到处走来走去，一边与灯光师田山老头儿商量。田山点头，对在二重梁——悬挂在布景上方的类似房梁的脚手架——上的助手水野发出指令后，他就用手挨个去触摸四周的多盏照明灯。这些灯的位置应该是动过了，可在我眼中却看不出任何变化。玉置又看了一次曝光表，朝田山比了个OK的手势。

S5的主要场景是鹭沼宅邸的二楼，年老的女主人的卧室。滑轨架上的摄影机先是从房间里正面拍摄卧室门。白墙纸还好，那门却让人觉得粗糙又廉价。但大概成片时看上去能像一张厚重的门板吧。那扇门朝外开了个小缝。

镜头连接摄影机拍下整个画面，在影棚里不同位置的四台显示器上放映出来，这样所有工作人员都基本能了解拍摄情况了。而且使用这种拍摄方式，摄影机会同步录像，便于查看样片，还能使用电脑剪辑这种大招。虽然从去年才开始引进这种方式，但剪辑工作应该比之前轻松了十倍。

"最后一次走位。"

导演从摄影机旁猛地探出身子，右手比成手枪向前一戳。

美玲第一个，细川和西田跟着上气不接下气地跑了进来，之后是摇摇晃晃的薮内。美玲的表演有点过火了。

"母亲！"

她稍停下脚步叫道，然后擦着导演、摄影机，从载着拍摄人员的滑轨车左侧穿过去。此时，滑轨车像是躲闪般绕开她，摄影机马上一百八十度追焦拍摄。

蕾丝窗帘从窗上垂下来，炫目的光透过窗子照射在女主人（这个人不是演员，是第二副导演须藤的母亲）躺着的白色床上，这一场景似乎是希望营造出诗人大柳导演所说的"天使坠落人间的感觉"。如此说来，正在窗外一直扶着灯光作为光源的我，岂不是天神？

忘了是第几次走位彩排时，玉置注意到被称作HMI的模拟太阳光的光源在晃。为了防止它晃动，想了很多办法，结果还是有人扶着最管用。可灯光助理目前只有三个人，他们都抽不开身。可想而知，这个工作还是落到了我头上。

摄影机现在正好冲着我的方向。即便知道自己在HMI的强光后不可能被镜头拍到，还是感觉有点怪怪的。

细川轻轻推开呆立在床前的美玲，往前迈出一步，握起"女主人"从床边耷拉下来的手。他已经完全化身为一位头发花白、蓄有髭须的中年医生。此时，他发现了边桌上的物品，拿了起来，是药瓶和遗书。一般来说，此处应该插入一个特写镜头，但导演似乎是想一镜到底。对他而言，这真是难得一见的长镜头。

"怎么回事……"细川转头向后看，露出一些踌躇的神色后，用一种绝妙的混合了吃惊和严肃的语气说道，"夫人她……去世了。"

其他人口中发出轻轻的叹气声。

细川继续说道："像是……自杀。"

"骗人……骗人……母亲！"

美玲跪下来，抱着床上的"女主人"号啕大哭起来。刚才走位时似乎是铆足了劲想让哭声震天响，被导演吼了一次，这回多少收敛了些。她像是突然想起了什么抬起头来，从细川手中一把夺过遗书，双手颤抖着拆开看。

"你说是自、自杀？那、那么……呜呜，是怎么回事啊……呜呜……"

扮演用人的薮内露出惊恐的表情，稍稍退后。

"不可能发生这种事……绝对不可能！"

呆立的人们什么也没说，但从表情上可以清楚地看出，他们在内心里也这么想。西田他们紧紧抿着嘴唇，甚至在轻轻点头。

"好！"导演吼道。

这就OK了。所有人都松了口气。我能清楚地感觉到刚才的紧张气氛开始缓和。

"就照这个样子正式开拍！"

演员们擦拭汗水，把快花了的妆容补好。他们又回到了起始位置。起身的"女主人"再次躺好盖上被单，其他人都走到门外。久本和须藤看下门缝的大小，调整药瓶和水杯的摆放，把滑轨车挪回之前的位置。强烈的灯光下酷热难耐，汗如雨下却没法擦。除此之外，我的工作比其他人还是轻松不少。

须藤拿着本应是我拿的场记板，摆好架势。

"第五场，第一条……开拍！"

正式拍摄一条就过了。这是导演的一贯风格。特别是第一天的拍摄，反复多次走位后，到正式拍摄时一次搞定。虽然他从没解释过为什么要这么做，但想想一次过时那种心灵被净化的感觉，也觉得能理解。他是想把演员和员工松散的心灵凝聚在一起。当然，很大程度上也有预算少的缘故，所以不能浪费任何一卷胶片。

3

这次的剧本完全是大柳导演的原创，他没写完时就已经选定了演员，所以剧中角色的名字只把演员的艺名改个字，或是改为发音相似的字。新人出道时，有时会把作品中的角色名直接用作艺名（早乙女爱就是个好例子），但像他这样把所有角色的名字都按扮演者的真名来取的做法应该尚无先例。导演给角色起的名字是这样的：

自由作家　辰巳洋太郎（Tatsumi Yotaro）——莲见光太郎（Hasumi Kotaro）

医　生　细野拓二（Hosono Takuji）——细川拓也（Hosokawa Takuya）

贴身护士　林美枝（Hayashi Mie）——森美树（Mori Miki）

用　人　薮井仙三（Yabui Senzo）——薮内善造（Yabuuchi Zenzo）

鹭沼五十铃（Saginuma Isuzu）——清原美玲（Kiyohara Misuzu）

西山贵雄（Nishiyama Takao）——西田贵弘（Nishida Takahiro）

随着拍摄，大家都习惯了角色名，平时也有人以剧中人名互相称呼，与真名这么像的话反倒会乱套。我试着跟导演提建议，但他只是笑笑，没理我。

S1 到 S4 是鹭沼宅邸的外景，包括空镜，都是些与故事无关的镜头。S5之后本来是要播放片头字幕，这里有一个暴雨的画面。暴雨中，莲见在山路上开车时遭遇山体滑坡（这里是用场景模型拍摄的），车翻了。好不容易捡回一条命的莲见发现了房屋的灯光，他挣扎着终于到达鹭沼宅邸，此时，故事再次开始。

S14是浑身泥泞的莲见按响鹭沼宅邸门铃的画面。S15是门内的镜头，侧面拍摄鹭沼家的用人薮井，他开门看到莲见后很吃惊，跑进屋里去叫人。这两个场景，再加上出入大门、上下楼梯这种镜头都使用房屋实景拍摄，就是为了省下置景的费用。导演认为自家别墅就十分理想，决定就在那里拍。不必采景，也不用征得他人同意。

据传闻，导演在建造自家别墅时头脑中就已经有了这部影片。他说在自家拍摄也能节约制片经费，所以房屋才采用了目前的设计，但或许是为了避税也说不定。

S16是莲见独自洗澡的场景，是在另外布置的一处浴室拍摄的。没有台词，而且就他一个人，很快就拍完了。

接着就是计划今天拍摄的最后一个场景——S17，披着浴袍的莲见在客厅沙发上打着哆嗦，面露好奇和困惑表情的细川、美玲、西田、薮内和森则在一旁看着他。

内景与S5——女主人的卧室是同一处，当然更换了墙壁和家具。几乎所有人都来吭哧吭哧地搬床和沙发。我们都没少抱怨这样效率太低，但导演还是坚持按照剧本顺序拍。他说，对演员来说肯定是按照剧本顺序拍更好，甚至还说这么一堆棒槌，要不这么做估计拍出的电影都没法看。确实也有他的道理。

美奈子检查大型道具的位置是否有错，小道具是否齐全。玉置拿着曝光表到处跑，指挥田山老头儿干这干那。导演给演员说戏，我和第二副导演须藤收拾刚才使用的滑轨车和轨道，摄影助理守口安装摄影机。

晃晃悠悠的HMI灯已经不需要了。预演、试镜、最终试镜之后，我握着场记板。

"第十七场，第一条，第一镜……开拍！"

先是裹着短浴袍的莲见的特写。他慌张地四下张望，脸上露出笑容。此处想表现出这个男人不合时宜地闯进了错误的地点，被所有人盯着看，想用笑容去敷衍的情景。这里营造出的氛围相当可笑。我觉得他要是去当喜剧演员可能更合适，也是矮个子，再加把劲儿或许就有点日本版达德利·摩尔的感觉了。

一只手把一个金属把手、冒着热气的杯子举到莲见面前，之后镜头拉远。是薮内的手，杯中用来充当威士忌的是兑了热水的乌龙茶。内景太暖和，杯子都没冒什么热气，只得把香烟的烟气封在杯中，用手盖住，直到摄影机拍到的那一刻再松开，让杯子看上去热气腾腾的。

"啊……太麻烦您了。处处周到……"

莲见开心地接过杯子喝了一小口，慌忙"呼呼"地吹了起来。

然后,他像突然想起了什么,环顾四周问道:"啊,说起来这所房子的主人是……哪位呢?"

"卡!OK!"

这次也是一条过,现场响起零星掌声。今天的拍摄计划顺利完成,刚下午五点半,比预想中早得多。

但S17还没完。这是情况说明和介绍角色的画面,是时间最长、台词最多的镜头之一。今天之内绝对不可能完成。我们带着半分紧张等待导演发话安排。

导演站起来,环视大家。

"安静!各位!"

我以为他要开口说下个镜头也要拍摄,可他说的却不是这个。

"今晚我包下了一家熟人的店,希望大家没事的话都来尽情喝酒、狂欢。"

下一个瞬间,本来就不结实的内景场地因欢呼声而晃动起来。

4

"Jungle[①],走起!"导演说。

[①] JUNGLE电音,非洲丛林打击与现代化电子合成器音效的混合体,特点是副鼓点非常密集,有少量的唱腔。

"小登志！"到处都有人打招呼。导演名叫登志藏，叫他小登志倒也没什么问题，可是……

歌厅"大迷惑"的店内客人已经分成几拨。有边发出无谓抱怨、边相互安慰的演员们，还有久本、须藤这对副导演组合。他们喝着相似的暗色的酒，听不太清在聊什么，恐怕是在贬低新人导演的电影之类，眼中闪烁光芒时，肯定是在讲自己将来要拍摄的电影。

或许因为同龄，我与灯光助理水野晴之的关系很好。即便是在我们这群人中，他对电影的痴迷程度也有些超纲。就像在电影《消逝于黑暗中》出镜的丹尼斯·克里斯托弗，这么说不知大家能否理解。丹尼斯·克里斯托弗在片中完美演绎了一个喜欢电影喜欢得发狂，连续犯下杀人罪行的病态青年。

"立原……你知道吗？"水野像猫一样舔舐着加冰威士忌，搭话道。貌似是到了猜谜时间。

"什么啊？"

"我记得你喜欢阿斯泰尔？"

弗雷德·阿斯泰尔。自从他获得了奥斯卡终身成就奖，总算可以从光碟或是午夜频道看到他出演的各种影视作品了。《礼帽》《柳暗花明》，等等，无论哪部都经久不衰，脍炙人口。

"啊啊。然后呢？"

"喜欢哪部？"

我想了想。说起阿斯泰尔好看的作品，当属他与金格尔·罗杰斯合作的那些，但故事情节多有相似，舞蹈片段也难分伯仲。

"《礼帽》……吧。"

"嗯……那导演是谁？"

水野抿嘴一笑问道。

这貌似就是今天的谜题。我嗤笑一声刚想回答，竟发现自己居然想不起来。水野出的谜题都不是琐碎无聊的内容，通常让人感觉这题很容易，可真开口回答时却又想不起来，或是根本不知道。我觉得他这点很厉害。要是"获得第几届奥斯卡奖最佳男主角的演员是谁"这一类的难题，谁都会出。水野自己虽然能把影视作品奖、主角、配角，甚至连导演等奖项都按顺序列出来，但他决不会从这个角度出题去考别人。

"导演是……那个，就是拍《柳暗花明》《摇摆乐时代》的那个人吧。"

"不对。不是《摇摆乐时代》，是《乐天派》。"

这部电影我也知道，却想不起导演的名字。要是一部普通的电影我肯定就记住了，但阿斯泰尔、罗杰斯这些明星的名字广为人知，却淡化了导演的知名度，让人怎么也想不起来。

"我知道……知道……阿斯泰尔、罗杰斯，嗯——"

"认输吗？"水野一脸开心地问。

这个猜谜游戏从我们刚认识时起就一直延续下来，赌注经常是一罐果汁——也就是一百日元。迄今为止我能准确答出来的也就五分之一。对我来说，打这个赌绝对不划算，但输了这么多我又不甘心，觉得不能就这么算了。我还真是一只自己送上门的肥羊。

"那名字都到这儿了。我都说了我知道。再等等。"

我指着自己的嗓子眼，阻止水野揭晓答案。

"是马克·桑德里奇吧？"

突然有个声音传来，搭话的那人在我身边落座，我转头看去，原来是美奈子。刚才她还被那群大叔们拉着聊天，看样子是烦了他们才逃过来的。

水野一副"败给你了"的表情，开口说道："不带这样的。差一丁点他就认输了。"

"啊？你们是在打赌啊？抱歉了。"

"不是，我确实也还差一丁点就要想起来了。真是可惜啊。"我笑嘻嘻地说。

水野听了"啧"了一声："喊，我还说肯定能难住你呢……不过美奈子你对这些很了解啊！"

"碰巧记住的。"

她耸耸肩。

"嗯……今后我不给立原出题了，给美奈子你出题吧。"

"真的吗？问我问我！我最喜欢猜谜了。"

"是吗？那……我就出个对美奈子你来说比较难的题目。阿斯泰尔和罗杰斯初次合作的作品，你知道是哪部吗？"

"是《飞到里约》吧。"美奈子立刻回答。

我很佩服她能记这么清楚。可水野所说的难题似乎并不是这个。

"是啊。那，这部影片的男女主演是谁？"

"哎？不是阿斯泰尔吗？"

我吃惊地反问，之前确实把这个忽略了。美奈子也愣了一下，但接着就咬着下唇开始拼命思索。

"你说得不对啊——看来美奈子看过，是不是想不起来了啊？"

"稍等啊……故事情节都还记得呢……面孔也有印象……但是名字……不行。忘得一干二净。是些不显眼的人呢。"

"对。在这部影片中，原本是配角的阿斯泰尔和罗杰斯反客为主，反倒抢了主角的风头——饰演男主角的是金·雷蒙德，饰演女主角的是多洛雷斯·德里奥。那刚才的赌注，就由美奈子你来承担咯。"

"就差一点。"她跺脚道。

我非常理解她的心情。水野总是出那些差一点就能想到答案的问题，更是让人懊恼和不甘。但这次的题确实很难。这么看来，他平时对我还算手下留情了？

平时我常和水野两人叽叽咕咕地聊电影，但美奈子加入后，感觉气氛发生了翻天覆地的变化，水野和我聊起电影都比平时更带劲了。

这期间，水野很快就醉倒睡着了。我和美奈子沉默了片刻，之后她"扑哧"一下笑出声，小声念道："立原……你还真是很喜欢电影啊。"

这句话真奇怪。

"这……大家不是都喜欢吗，聚在这里的这群人，特别是这家伙？"

我用下巴往烂醉的水野的方向指了下。

可她却摇头说："不见得所有人都如此啊。当然，大家应该都喜欢过电影吧。我觉得他们现在也会看很多电影，对自己制作的影片也有热情。但不知道为什么，就是聊不来。有时我甚至怀疑这些人憎恶电影。成了制片方的一员后，大家是不是变了呢？"

"肯定会变啊……发现之前完全不在意的镜头拍摄起来其实非常麻烦，灯光照明原来需要那么费心调试，更重要的是要花很多经费——"

她摆手打断我的话。

"这些我也知道，会变得以制片方的角度来看问题，从某种程度上说也没办法。但也要适可而止吧，不要说什么羡慕好莱坞啊、日本的观众都是傻子啊、有钱谁都能拍好之类的……我说的，你能懂吧？"

我无言反驳。连我都那么想过,甚至也说过那种话。

我们沉默了片刻,还是她先打破了这沉默。

"抱歉……说这些话太自以为是了。其实我并没打算说这些——我是想听白天的后续来着。"

"后续?"

"就是拍摄前,你不是在演讲吗?"

被说成在演讲,真让我臊得想逃出去。

"啊,抱歉。我真不是在挖苦你。听你说《圣洛伦佐之夜》用了叙诡时,我觉得你这个人很有趣。虽然之前不太了解你,但感觉挺投缘……不会给你添麻烦吧?"

我用力摇了好几次头。

"完全没有……可是和前辈们相比,我看过的电影算少的,而且对电影也仅限于喜欢而已——。"

她开心地伸出食指。

"就是这点啊!我就是想跟单纯喜欢电影的人聊天。不是喜欢跟电影院老板聊。"之后,我们又热火朝天地聊起了电影。说是单纯喜欢电影,她的见地却相当专业。

"白天你是不是提到《恐高症》了?"

"嗯。"

此时借着醉意,我也完全忘了用敬语。之前怎么会觉得她难以接近呢?

"那部影片的结尾,是'西北偏北'对吧?"

她突然这么说，可我酒醉的大脑却没懂是什么意思。我集中注意力，再次咀嚼她的话，才明白过来。

她说的是模仿《西北偏北》的最后一幕，是指从梅尔·布鲁克斯和玛德莲·卡恩在塔顶上相拥而舞的场面，过渡到汽车旅馆单间的匹配剪辑吧。所谓匹配剪辑，正如这两部影片最后的场景那般，将处于不同时间和空间的两个镜头通过一个相同的表象衔接到一起，是一种大胆的蒙太奇表现手法。在《西北偏北》这部影片中，镜头从加里·格兰特在山崖上用力将爱娃·玛丽·森特拉上来，一下子转到卧铺火车中她被格兰特拉上卧铺的场景。

"对对，确实是。"

"然后啊，最后的笑点你记得吗？男女主角在床上相拥，之后摄影机镜头一直拉远，传来摄影师的声音，说'后边就是墙了，没法再退了'。"

我想起来了，还有貌似导演的声音跟他说"少废话继续这么往后退"，最后摄影机镜头穿过汽车旅馆的墙壁，转到外面去了。

"你不觉得这个笑点中包含了性的要素吗？"

"'xing'的要素？"我反问道。听到她的回答，一瞬间心跳都停止了。

"就是做爱啊。《西北偏北》的结尾，男女主角搭乘列车穿过隧道的场景，希区柯克自己说过，这个场景就是一种性暗示。我倒是觉得，梅尔·布鲁克斯是知道这点，才演绎了最后的那个笑点……你怎么了，脸色很奇怪啊？"

"没、没有啦。我没事。"

看她一脸担心地盯着我，我努力报以笑容。四下环视，没人往这边看，看来没人听见。

"真的？那……你觉得如何，这个看法？"

仔细想想，她的看法也不无道理，我就这么说了。

"太好了……我还是第一次和别人聊这些。之前还怕被当成傻子。"

"当傻子，怎么会啊……你对电影真的非常了解啊。"

我把刚要偏向"性要素"的思路，硬是掰回到电影上面。

"因为我的父母曾经都喜欢电影。"

我注意到她用的是过去式，而且笑容很落寞，也没法再接话了。

"你、你喜欢什么电影？"

突然感觉嘴里发干，我喝了一口加水的威士忌。

"什么都喜欢。科幻大片、喜剧、动作片、恐怖片……这么一看都是些娱乐电影啊。你是要请我看电影吗？"

我被呛到了。之前还左思右想了半天如何开口，结果都没用上。

"美、美奈子你同意就行。"

"我啊，要是电影有意思，我会开心地去看。但如果没什么意思，就不会再和那个人看第二次了。你想请我看什么？"

猜不出她是不是认真的，我开始拼命回忆市内电影院目前的档期。有趣的、尽量浪漫些的，适合初次约会的影片。还是找看过一次的电影比较好。

"或许还是外国的影片比较好？欧洲？美国？"

"嗯？"

她装傻不回答。

"连看《两世奇人》和《时光倒流七十年》这两场如何？"

"可以啊……可这两部影片我都看过，还有录像带。"

可惜。但可以得知我们的喜好还是相近的。再多想想，就算是她这样的观影达人，也应该有没看过的影片。

"《永不低头》和《金拳大对决》呢？"

"是那个吗？'克莱德，右转！'我特别喜欢那只黑猩猩。"她开心地叫道。

这也不行啊。一般女生哪会看这些片子啊？

"乔治·汉密尔顿特集呢？《前世冤家今世欢》和《粉雄佐罗》？"

我觉得她无论如何也不可能看过《粉雄佐罗》，录像带应该还没出呢。

"乔治·汉密尔顿版的佐罗吗？那个弟弟男扮女装，一人分饰两角的片子？"

难以置信！为啥她连这都看过啊？

"抱歉啊。因为我挺喜欢乔治·汉密尔顿的，不知道他最近怎么样了……还有其他推荐吗？"

她似乎开始享受这种交流本身了。还是新片路演比较好吧……可总感觉不甘心啊，再找些老电影试试。

"《一夜风流》和《锦囊妙计》呢？"

"这次是弗兰克·卡普拉特集吗？他的电影我挺多都没看过，但你说的这两部我看过。"

这次我不靠记忆了，直接从包里掏出 City Road[①]，搜寻是否还有其他卡普拉的影片上映，但没找到。这么一来只能有什么说什么了。

"《夜长梦多》和《大侦探对大明星》[②]。"

"这个组合厉害……可是我觉得亨弗莱·鲍嘉的形象不太适合演马洛，他还是适合《非洲女王号》里的角色……《卡萨布兰卡》倒是个例外。"

我说我也是这么想的。

接着我发现了一部特别喜欢的 B 级动作片。

"你看过《北海龙虎榜》吗？"

她的脸庞熠熠生辉。果然看过啊。

"有段时间我特别钟情那部影片，记得看过四五次。罗杰·摩尔太可爱啦，是吧？"

---

①一本刊登东京地区演奏会、电影、戏剧、展览、赛事等文体活动消息的杂志。
②两部电影的日文片名分别为"三つ数えろ"（《数三下》）和"四つ数えろ"（《数四下》）。

原本应该熟睡的水野僵尸般忽地起身，叫道："那部有句台词是'我就是罗杰·摩尔'的片子？"

我刚要回答，他又啪地趴在了桌子上。刚刚像是在说梦话。

我再次打起精神，问她："《傻龙登天》也看过吗？"

"看了看了！真让人吃惊啊！"

两人"嗯嗯"地相互表示赞同后，我才反应过来聊这些看过的电影也没用呀。

之后我又逐个细数喜欢的电影片名（已经顾不上考虑是不是适合初次约会看的了），她一部没落，全都看过。

"难以置信……我投降。"

"我才难以置信呢。你说的全都是我看过和喜欢的影片……怎么会有这种事？"她摇着头说。

这时，我想到一部她绝对没看过的影片，仅此一部。我真心想让她看看那部影片，听一听她的感想。

"之前……"

我欲言又止。

"之前，什么？"

她用充满期待的目光注视着我，我低下了头。

"之前我倒是拍过一部八毫米[①]……这种还是不行吧。"

---
①胶片宽度仅为八毫米的一种影片。

说完我马上后悔了。自己是怎么想的啊，要把那种拿不出手的东西给她看。

"八毫米……录像带吗？"

"胶片。是我在大学的影研社团时拍的。抱歉，当我没说——对了对了，你喜欢成龙吗？"

"给我看吧。"

"《师弟出马》和……"

"我说的不是成龙，是立原你拍的电影。我想看。"

我抬起头，她正眼睛一眨不眨地盯着我。

"我的电影？真的啊？你真想看吗？"

她一脸认真地点头。

"特别想看。"

"那、那就……"

我刚想说"那今晚去我家看"，就在这时——

"喂，老三！你也来唱歌啊！"

怒吼声响起的同时，我被导演揪着衣领拽上了舞台。他们是自己唱累了，才想让别人唱歌。

"不是、那个、我唱歌有点……"

我求救般地看向美奈子，却发现她两手一摊耸耸肩。这是让我放弃挣扎的意思吗？

须藤、久本也同样被人硬拽上来，副导演三人组集结完毕。这么一来只能唱 Candies[①] 的歌了。

　　我之后一直找机会再和她聊天，结果这天晚上烂醉如泥、不省人事，醒来时已经在须藤的公寓里了。

[①] Candies 组合是二十世纪七十年代日本最活跃、最具人气的女子偶像组合之一。

第二章　拍摄中止

1

虽然拍摄第一天就搞聚会看上去挺轻松，但大柳导演原本就是那种会把日程安排得很紧凑、一口气拍完的类型，就算预算比较充裕、业务规模比较大时也一样。

第二天，全员几乎都还宿醉未醒，只有导演一个人扯着大嗓门，十八个小时一刻不停地使唤我们。真是字面意义上的忙得"团团转"，别说找机会与美奈子单独聊天了，就连想一想的闲暇都没有。

看我来给你们找"不知名的名演员"——导演之前是这么说的，这次他似乎也充分发挥了手腕。他巧舌如簧地操控着不时错演成舞台剧的莲见、动不动就演过火的美玲和对什么都两眼一抹黑的新人西田，让他们的演技达到了自己的预期。导演很少对他们怒吼，因为对工作人员怒吼几乎已经实现了同样的效果——就算根本没啥特殊缘由，他也维持着大约每隔一分钟就怒吼一次的频率。

一个休息日都没有，就这么过了三周。已经到了十一月下旬，街上开始到处出现穿冬装的人。还没来得及感受一下，秋天就这么过去了。

首映定在明年一月十五日。虽然只在一家影院放映，姑且也算是贺岁片了。这家位于银座的小型电影院会甄选一些容易被忽视的短片电影来放映，国内外影片来者不拒，在这里受关注的影片大都能获得在全国上映的门路。预告片已经播出，因为连工作人员都不知道影片结局，媒体上多少也有了些热度。当时导演的表情似乎很满意，但我们心中却涌出不安。导演到底策划了怎样的结局呢？这部电影能好看吗？当然还有一直萦绕心头的担心——真能拍出这么一部电影吗？就算是很有经验的人，似乎也在担心。

拍摄过程到目前为止都顺利得出奇。Retake(重拍) 很少，交给我们的剧本全都消化掉了，外景拍摄也很顺利。换句话说，只剩导演还没有公开的结尾部分了。

昨天十一月十四日是拍摄期间第一次休息。我在公寓连续酣睡了近二十个小时，连梦都没做。今天，也就是十五日，所有人一起在试映室观看之前拍的样片。没要求演员们必须到场，但所有演员都来了，或许是想早点看到自己在影片里的形象吧。固定座椅只有二十个，我们就搬来折叠椅，一屋子挤得满满当当的，就这样也没能坐下所有人。像我们这种底层助理，还有美奈子都是靠着墙看的。导演好像又迟到了，但他应该已经看过了，或许就没打算过来。

"目前拍的这些一共多少分钟？"试映室的灯光变暗时，我问美奈子。记录各个镜头的时间是场记最重要的工作，她肯定比导演更了解时间。

"九十六分钟。"

"有那么久吗？"我吃惊地反问。

她刚要回答，样片开始放映了。

虽然都叫样片，但样片也分很多种。有那种为了马上能看到当天拍的镜头，独立于同步录像，只有画面没有声音的样片；也有那种带声音，包含多个段落，和正片一样剪辑过的影片。今天播放的样片当然是后者，只是剪辑应该是极其粗略的，显影有时间差，所以每换一个镜头都会变色（可以想象一下初期的彩色电影），也没添加背景音乐和效果音。音乐应该在同步制作，但今天音乐总监也来看了。

样片开始放映了。

被常绿树所覆盖的群山闪耀着炫目的光。航拍机上的摄影机从高空俯视这片光景。险峻山崖下那曲折蜿蜒的道路若隐若现。没有任何活动的物体，更别说车辆了。

镜头对焦到一处，降低高度。

那是一处房子，是神户或横滨一带很常见的、外墙涂成白绿色的西式建筑，白色蕾丝的窗帘在飘窗上摇曳。

此处自然与之后的S5，也就是发现女主人鹭沼润子自杀的场景相关联——

2

"说起来，这所房子的主人是哪位呢？"

穿着浴袍的男人面带笑容地询问道，其他人则面面相觑。这间小小的会客室虽然质朴，但主人的好品位却可窥一斑。现在，房间里一共有六个人：穿浴袍的来客，刚递给他威士忌的用人打扮的老人，留小胡子、戴眼镜的中年男子，身着白衣站在男人旁边、一身护士打扮的三十来岁的女士，与表情冷淡的护士形成对比、妆容稍显浓重的美人，还有个学生模样的男生。

用人打扮的老人干咳了一声，回答客人的疑问："此处是鹭沼润子夫人的别墅，但夫人……无法会见任何人。她一直久病卧床……"

老人的语气莫名有些犹豫。男人不满地环视房间里其他人的脸孔。每个人都是一副心虚的表情，不敢正眼看他。男人再次看向老人。

"久病吗？哎——鹭沼润子？鹭沼润子不会是，那个鹭沼润子吧？"

"——夫人早年确实拍过几部电影。您是在说这个吗？"

老人的表情毫无变化。

"你说拍过几部电影？我真服了。三十岁以上的日本人里要是还有谁不知道鹭沼润子，我倒真想见见。你说她是鹭沼润子？我真服了！我是她的忠实影迷啊……真服了！"

真服了，男人重复着这句话，脸上满是喜色。

"失礼了，但您看起来可并没那么大年纪啊。"

蓄小胡子戴眼镜的中年男子露出挖苦的笑容，搭话道。

男人一脸放松地将手中杯子里的威士忌一饮而尽，突然变得话多起来。

"常有人这么说，但我也已经三十二岁了——哎呀，不过真是奇遇。孩童时期我就是看到《焰之女》中的娼妓角色才记住了'妖艳'这个词，好像是报纸上还是什么上写的，'鹭沼润子的妖艳演技熠熠生辉'之类。"

"《焰之女》是夫人的最后一部作品。对夫人来说，那是她第一次也是最后一次出演反派角色，但她演绎得很成功。"老人像是在讲述自己的回忆，频频点头道。

"唉，怎么办，这也算是缘分吧。请一定让我当面问候她——"

除了这个男人，所有人都受惊般地相互对视。

"不行！"老人语气强硬地说，片刻之后又重复道，"……不行。您说是她的影迷，那就更不行了。夫人之所以拍完那部电影就退出了影视圈，也是因为她判断自己容姿已经衰老到无法掩饰的程度。更何况如今她有病在身，她绝对不会见您的。"

男人抬起手打断老人的话，似乎想说他懂了，之后又用心存侥幸的语气说："总之您能不能先帮忙问一下，夫人她一时心血来潮也说不定呢。"

老人飞快地瞥了一眼其他人。看到小胡子男人微微点头，老人再次开口道："知道了。我只能试着去转告一下，转告而已——如果您这边还有什么其他需要，也请告知，不必客气。"

"我不会客气的。这个可以劳烦再来一杯吗？可以的话不用兑热水。"

男人快活地说，将玻璃杯递给老人后，老人马上又倒了一杯给他。老人轻轻低头行礼，走出房间后关上房门，一直伫立在原地。从轻微点头的动作可以得知，老人似乎正在心里默数。

房间里这些人的紧张感总算有所缓解，开始相互自我介绍。

"抱歉现在才做自我介绍，我是鹭沼夫人的主治医师细野。"

听小胡子报上姓名，男人挠着头说："呀，我还真没注意到您是医生。我叫辰巳。工作怎么说呢……现在算是个自由作家吧。"

"自由作家？"

自称细野的医生双眉紧锁。

"说是自由作家,该不会是给周刊之流写八卦新闻的那种吧。"

他半开玩笑地说,目光却透着认真。其他人听到"八卦"这个词,表情也陡然一惊。

辰巳似乎没有注意到他们的紧张,笑道:"怎么说呢,八卦或许还真是八卦,但本人只写纯粹的犯罪新闻,对演艺圈流言之类的不感兴趣,所以这点诸位不必担心。"

"没什么可担心的,鹭沼夫人又没有——"

医生刚要辩解时,房门开了,一直纹丝不动站在门外的老人开口了。

"很遗憾,夫人还是无法会客。"

一瞬间,房间里所有人的动作都如同静止了一般。片刻之后,化浓妆的女人第一次开口:"母亲……母亲,她现在怎么样?"

她那频繁偷看来客的神经质的视线,让本来挺自然的语气反倒显得不太自然。

老人将话在口中斟酌许久,尽量不去看客人的方向,维持僵硬的姿势回答:"夫人……与今早……和大家见面时一样呢。"

或许之前一直屏住了呼吸,可以听见有人长长呼出一口气。

3

　　没有效果音，剪辑也明显很粗糙。但即便如此，画面也并没有丧失紧张感。导演召集来的这些不知名的演员完全融入剧情，甚至让人觉得这些角色唯有如今正紧盯着样片的他们才能演绎出来。

　　自由作家辰巳因暴雨造成的山体滑坡而闯入前知名女演员鹭沼润子的别墅，在这位不速之客面前，鹭沼润子的亲生女儿、外甥、主治医生等人不知为何表现出润子还活着的样子。这段剧情导演没有刻意使用什么拍摄技巧，而是通过精细的镜头堆叠来展示登场人物细微复杂的心理活动。

　　故事以辰巳的视角展开，但影片开始约二十分钟时有个镜头，是他取出夹在钱包中的报纸定睛凝视的画面，所以只有观众能通过这个镜头得知，他其实在几个星期前就在调查在这附近失踪的人，也就是暗示观众，即使没遇到山体滑坡，他原本或许也计划要来鹭沼润子的别墅。到底他是不是就像表面看上去的那样，只是"路过的自由作家"呢？

　　另外会有一场谋杀，但山体滑坡导致电话断线，众人无法下山。凶手是谁？鹭沼润子又是因何自杀？她当真是自杀吗？这与辰巳追查的那个失踪者有什么关系？这些内容似乎都将在结尾揭晓，我们拿到的剧本里一句都没写到。

　　"之前的就这样吧。我没有任何意见。可接下来要怎么拍呢？"莲见朝我发牢骚道。

此时，样片已经放完，我们正在试映室外面交流感受。要是待在演员们近旁，就不会老被指使去干杂活，所以我还挺乐意和他们待在一起的。原本要说明今后计划的导演依然迟迟未到，文员女生试着联系他却也联系不上。

"就算您问我，我也——"

大家的视线刺痛了我。

"你们当真没有剧本吗？你肯定有吧？你其实是有的吧？"

从开拍以来，我多次被人问到这个问题。旁边的细川他们也一下子探过身来。

"要我说几遍呢。我们真的没有！我们也很担心，怕出问题。之后的拍摄计划也完全没定下来。"

"真是蠢！这不是很蠢吗。我们还得塑造角色呢……"细川抱怨道，像是在发泄焦躁的情绪。

"什么意思，塑造角色？"美玲一脸天真地问。

细川瞬间面露震惊之色，之后叹了口气开始说明。

"听好，有可能我就是凶手吧。如果是，那我到底有什么动机，如何去实施犯罪的呢？至少得告诉我这些啊，否则我怎么去塑造角色呢？一给我剧本就让我摇身变成凶神恶煞的凶手形象，这不是强人所难吗！"

细川半分像是摆明星架子，或许他是看完刚才的样片才变成这样的。

美玲像是刚意识到这点，拍了下手说："这样啊！那么我也可能是凶手吧。"听她这么说，细川脸上浮现出苦笑。

"不知道那家伙是怎么想的。但我认为导演一般不会让你演凶手。"

在我听来，这句话就是在说"你能力不够"，但美玲似乎更善意地解读了这句话。

"连大竹忍都演过杀人犯呢。就算演凶手我也不介意啊。"

"你傻啊，我说的不是这个——"细川刚要说，莲见在他一旁咕哝了一句："我……都赌在这部电影上了。"

他声音很小，但话里包含的某种情绪却让所有人在一瞬间打了个寒战。

细川表情奇怪地盯着莲见，问道："你说什么？"

莲见抬起头，看到所有人的目光都集中在他身上，似乎一瞬间受到了惊吓，但片刻之后又重复道："我说，我赌在这部电影上了啊。"

细川张嘴像是要说什么，美玲更快开了口："大家不都一样吗？因大柳导演的电影而一举成名的人很多啊。我之前演的一直都是无聊的广告，或是解说录像之类的，这部电影上映后，说不定就不用接那种工作了。我不奢望成为大影星，当配角也行，只要是正经的影视剧，就算是录像带也没关系——无论我还是你细川，都赌在了这部电影上。这还用说吗？"

她不像是生莲见的气，却像是在生自己的气，发泄般地一口气说完。

莲见一副为难的表情,说道:"我说的不是这个意思,我是想说我给这部电影出了钱啊。"

"你说啥!"我不禁惊叫出声。

可更令人吃惊的是细川说出了这样的话:"你也……你出了多少?"

"一百万……你也出钱了吗?"

细川一脸苦涩地点头。

"啊……我倒是只出了五十万。一百万,你可真有钱。"

"我是跟父母借的。条件是倘若还不上钱,我就得回乡下老家。"

周围响起一片唏嘘之声。或许大家都有过相似的经历。

"难、难道其他人也……大家都出了多少钱啊?"我提心吊胆地问。

"出了啊。五十万。"美玲一脸若无其事地说。

"我也出钱了……有一百五十万了吧。"

连薮内也出了!

我望向西田。

"你不会也……你没出钱吧?"

就算再离谱,也不能连高中生的钱都要啊。

"嗯。"我松了口气,但西田接着说道,"我没出,但我妈妈好像出了一些钱,差不多两百万吧。"

头脑一阵眩晕。我真没想到导演会向演员集资，他不是应该支付人家片酬才对吗！

"我也出钱了啊。金额我不方便说——你连这件事也不知道吗？"森冷冰冰地直盯着我问。

"我……我就是个打杂的，他不可能连这些都告诉我。可……难道他跟大家说，只要出钱，就让你们出演电影吗？"

细川拨浪鼓般摇头否定。

"导演可没那么说。他说无论出不出钱都会用我。只是资金不足，不知能不能拍出电影——"

我认为这就是一个意思。这不就跟威胁差不多吗？他找的都是一些不红的演员，看来并不单纯因为片酬低。倘若他中途弃拍卷款而逃，不就完全是诈骗的手法了嘛。

难以名状的不安在心中扩大。就在这时，久本面无血色地从办公室里飞奔而来。

"不好了！"

当他看见我后，显露出一丝放心的表情。

我有种不好的预感。因为每当久本露出这种表情，必然都是有不想做的工作时找到了可以甩锅的替罪羊。

"出什么事了？"

久本将手掌朝向我，像是在哄小孩般，深呼吸了一两次之后，说："听我说……别吃惊……要冷静……导演……大柳导演他……"

"导演他怎么了？"

我焦躁地催促他继续说下去。

听到他的答复，想必莲见他们比我遭受的打击更大。

因为久本说的是"导演，人都没影儿啦"。

每个人都纹丝不动。或许是因为他们还没能回过神来，久本以为是自己的表达问题，又换了个说法。

"他失踪了，把衣服什么的都塞到包里不知道去哪儿了。他逃跑啦。逃跑了啊，那个混账家伙！"

"逃跑了……到底为什么？"

我在吃惊之余开口道，但没有期待久本能给出答案。

"我怎么知道。怕不是对日本影坛绝望了吧。"

这无疑是句玩笑话。要绝望早在十年前就该绝望了，哪能等到今天，而且久本原本也知道导演不是这种人。

"等、等一下。没了导演，接下来怎么办？好像什么计划都没有呢……"

莲见两脚叉开挡在我和久本之间，就像把互相扭住的拳击选手分开的裁判。他脸上血色退去，变得煞白。

或许是没注意到莲见这副表情，久本轻描淡写地开口道："没有导演的话，就拍不成电影了啊。这还用说。"

莲见抓住久本的双肩，他的嘴一开一合像是想说话，却没说出一个字。

"放、放开我！放开我！"

久本本来想把莲见的手轻轻揭开,但莲见抓得很紧,怎么也扯不掉。

"骗、骗人……你骗人!刚、刚才的样片你也看了啊!明明都拍出这么多了。副导演也有三位呢。还差最后那么一点,就算导演不在,也能继续拍吧?是吧?你来拍!要是不行,就换你来!"

莲见似乎已经陷入半错乱的状态,先是指着久本,接着又指向我叫道。久本趁这个间隙终于扯下了莲见的手。细川不知何时绕到了莲见身后,把手轻轻搭在他肩上。

"先冷静一下。肯定是哪里不对。那位导演绝对不会电影拍半截就丢一旁去别的地方,对吧?反过来,他放弃别的来拍电影倒有可能。"

确实如他所言。我在心中点头赞同,放下心来。久本听到这话也轻轻皱眉思索。

"这倒是……但他确实收拾行李离家出走了啊。"

"或许是跟电影有关——一个人悄悄去采景了之类的。"

"现在才去采景?不可能吧。"

对于久本的强烈否定,细川似乎有点生气了。

"那就是,陷入了情绪低谷,或是想独自去别的地方思考之类的。"

"导演独自旅行?情绪低谷?你或许不知道,那位导演和这些事情完全绝缘,他无论有什么,也绝不可能有艺术上的烦恼。"

这话说得也很对。可这并不仅仅是因为导演性格上大大咧咧（虽然导演确实是这种性格），而是在开拍的那刻起，一切就已经在他的头脑中完成了。就算导演有情绪低谷（我觉得多半不会），也不会出现在这个时候。那到底……

我插嘴道："无论如何，导演不可能在拍摄中途以这么一种形式放弃的。明天肯定能开拍。大家今天就好好休息一天。我一联系上导演就马上确定计划，给大家打电话——莲见先生也别担心。肯定没事的。"

虽然没跟久本商量就擅自这么说可能不太好，但看到他也一副松了口气的表情，或许这么说也没关系。

细川开口了："是啊。他说得没错。我们也要相信导演啊。"

说到"相信"这个词时音量虽然变小了些，但效果还算可以。虽然难以掩饰不安，但大家还是决定等到明天。

他们回去后，我们开始忙碌起来。

4

久本先是开车带我一起去导演家。仅在电话里跟保姆打听还是没法判断。导演跟一位曾经的女演员有过一段婚姻，但几年前离婚，现在独自生活。对家务活一窍不通的导演之所以能在杉并的独栋住宅中勉强生活下来，也是多亏了静姨——从结婚时就一直雇用的资深保姆梅田静子。听说二十年前她就已经五十多岁了，现在应该七十多岁了吧。也有很多员工不请自来去导演家蹭饭，就为吃她做的饭菜。可对所有家务活都精通的她，唯一不擅长的就是接听电话。岁月不饶人，当然也有耳聋的因素，还有个原因，就是她具备一种卓越的才能，用听到的只言片语就能拼凑出我等凡人难以想象的文章。

以我的亲身经历为例。某年夏天，显影室还没准备好本应该在那天显影的胶片，让我再等一天，我就给导演家打了电话。导演没在，是静姨接的。

我抬高了声音，可因为是公用电话，旁边很吵。

"请转告导演。胶片要迟一天了。今天拿不到了。您听得到吗？胶片要迟一天才能拿到。"

"好的好的。知道啦。我会转告他。谢谢啦。"

如今想来，我应该多留意一下这句"谢谢啦"就好了。导演回家后，静姨貌似是这么转告他的。

"好像说中元节寄送了布丁① 过来哦。"

"布丁？干吗要送布丁？"

导演必定是一脸诧异地反问了吧。因为众所周知，导演

---

① 日语中胶片"プリント"和布丁"プリン"的发音相似。

讨厌甜食。

"谁知道呢……对了,说今天送到。要是摩洛索夫[①]的,也挺好啊。"

静姨好像是这么说的,还露出了满意的微笑。

好在这种场合并没什么实质性的危害,倒也无所谓,但导演之前似乎也因此各种躺枪。

我对正在开车的久本说:"是不是静姨又理解错了?"

"真这样的话倒好了啊。"久本摆出一副"不可能"的表情回答道。

导演家位于如迷宫般错综复杂的住宅区中。我们在途中多次被单行线的标识拦路,又险些剐蹭到停在路边的车辆,到达目的地时两人已经精疲力竭了。

我们按下花岗岩门柱上的对讲门铃后不久,静姨冲出房门口,身上还穿着围裙罩衫。她虽然腰背有些弓,但身体还很健康。

"啊啊,你们真够慢的。赶紧进来。"

看她在房门口招手,我们推开大门走上石阶。

"导演……导演呢?"久本问道。

"还没回来。是不是应该报警啊?"

看来是没听错电话。看到静姨不安的表情就能清楚地

[①] Morozoff,日本知名糕点品牌。

得知。

"您说他留了字条？可以给我们看下吗？"

"啊，好好。"

静姨吧嗒吧嗒地往里走，从餐桌拿起一张类似便笺纸的东西，又走回来。

"就是这个。"

久本展开便笺，我在旁边探着头看。

　　致　静姨

　　我这段时间不在家　请时常来打扫

　　工资照常支付

　　不必担心

没有署名。这封信倒是能给佐田雅志的歌填词。

"就这？"我俩同时读完，同时出声问道。

"可不就这啊。"静姨重重点头道。

"嗯啊——"

我俩同时哼道。久本瞪了我一眼，像是在说"别学我"。

我明明不是在学他。

我开口问道："那他出走时带了多少行李？"

"啊，那个啊，以我看，带了大概能用一周左右的行李吧……我早上过来，看到放着的这张纸，就一心认为东家他肯定是因为工作出远门儿了。结果啊，公司就来人问啦，导演去哪儿了，导演去哪儿了！真是，吓了我一跳啊。"

"就是说，他打算一星期左右就回来吧。"久本冲我的方向说。

"不知道啊……他写着让我不时过来打扫，感觉相当长一段时间都不会回来……"

"说'工资照常支付'，就是支付日和支付金额都跟以前一样吧。这样的话，那他应该计划到支付日那天才回来……"

"也可以用邮寄的方法啊。"

久本一脸不满地说："你是盼着导演不回来吗？"

"怎么会！我只是觉得把全部可能性都考虑到更好——"

久本的表情似乎在说够了，他打断我的话。

"'不必担心'，怎么听都像是离家出走时的敷衍啊。"

"还有可能是让她不要担心工资。"

久本再一次瞪着我，欲言又止。

"嗯……不知道。就凭这个什么都不知道。静姨，您知道导演什么时候走的吗？"

"这个啊……我跟平时一样是早上七点到的，他出门的时间肯定比这早。"

早上七点已经够早的了，导演起床出门时比这还早啊。

"昨天晚上呢？您最后见到导演是在什么时候？"

静姨摇头。

"昨天没见到呢。八点左右，我准备好晚饭后就回去了。他在拍摄期间不知道几点回来，所以晚饭我就准备了些凉了也能吃，或是'叮'一下就能吃的东西，就先回去了。"

"'叮'一下就能吃？"

是论语还是什么啊，我边想边再次确认道。

"就是'叮'啊'叮'！就是那个……"

就在静姨马上要想起那个词时，我明白了。

"啊啊，微波炉？"

有时会听到别人这么说，但自己平时不用，所以才很难听懂。

"就是这个！那个就算东家也会用。"

"然后呢，他吃晚饭了吗？"

"啊，都吃光了呢。"

昨天虽然没有拍摄任务，但导演应该是和剪辑人员一起剪样片来着。他最早也是八点之后才回家吃了晚饭，之后打包行李出走的。要是提前计划好，那行李就有可能是早就打包好的。最终我们推测，导演的"出走时间"是在昨晚八点后到今早七点之间，但导演不太像那种早上能起得来的人，所以他恐怕是昨天晚上出走的。这么说他也走不了太远，应该是住在附近了，可也无法保证现在这个时间点还在附近。

"要不要报警啊？"

我们陷入了沉默。

静姨说道："不……应该不需要警察吧。是吧，久本？"

"啊，啊啊，啊啊，警察……应该不用吧——可是，导演到底想干什么啊……"

"我说静姨，导演最近有没有什么奇怪的地方？"

我尝试从另一个角度调查。

"没有啊。他有时像是想到什么似的笑得挺瘆人，说奇怪倒也挺奇怪的。"

在片场也一样。导演最近确实总是像想到什么似的，露出匪夷所思的笑容。原来在家里也一样。

"他没跟您说过有什么想去的地方吗？或者特别提到过哪个地方吗？"

"没有。什么都没说过。"

我本来想到"搜查住宅"这招，但有些犹豫，不知道这么做合不合适。

"有没有那个……能表明导演去向的线索啊，便笺或其他什么上也许写着酒店电话之类的呢？"

久本两手一拍。"好。咱们找找。"

他三两下就脱掉鞋子往里走，这反倒让我慌了神。

"我们做这种事，之后导演不会生气吧？"

"做什么别告诉他就行啦。发现什么就说是静姨发现的不就得了——是吧，静姨？要是找不到导演，电影就中途流产了。您会帮我们吧？"

"好。你们要帮我早点找到东家啊。"静姨有些悲伤地说，或许是因为照顾的人不见了而感到不安吧。

我们走进屋子，开始查看备忘笔记一类的物件，只要发现地图或是旅行指南，就会看看是不是有折页或加了记号。可什么都没有。

"是不是去熟人家了？"久本咕哝道，命令我去打电话，让我照着电话旁的号码簿挨个联系。

"哪有这么乱来的……至少先让静姨挑一下，看哪些地方有可能是导演会留宿的。"

听了我的意见，静姨戴上老花镜开始翻看号码簿。亲戚不多，老朋友比亲戚还少，还有静姨所说的"被导演迷上"的女人们（没想到这倒挺多）。影视圈相关人士可以等回公司再调查，在这里先打这些人的电话吧。

"抱歉，请问大柳导演有没有去府上打扰呢？"

我一遍遍重复这句话，对方的反应则多种多样。"告诉他，他来我就宰了他！""好想他呀。小登志现在怎么样？"但总而言之，对问题的回答却一样。

No.

我们回到公司，分头打剩下那更多的电话，但仍然不知导演的行踪。

看来导演是下定决心藏起来了。

5

又等了一天，导演还是没有任何消息。大家决定在主管会议上探讨该怎么办。所谓主管会议，就是副导演、摄影、照明、录音、美术、剪辑各部门主管开的会议。为了确认事态发展，我和其他工作人员一起焦灼地在办公室等待会议开完。这是十一月十六日晚上八点的事。

"给。"

听到美奈子的声音，我抬头看，原来她给大家买来了咖啡。她肩上还挎着便携式摄影机。电影拍摄期间，有空的人会轮流用这个不间断地拍摄，倒也没有特别的缘由。我也曾经背着这个"突击采访"过正在休息的同事们。之前都是半开玩笑地说也许能当拍摄花絮，可事到如今连正片能否拍完都要打个问号。若真拍不完，这就成了"没拍完花絮"了。

"谢谢……你还在拍这个啊？"

"这个？当然啦。"

她莞尔一笑，举起摄影机，将镜头对准了正在喝罐装咖啡的我。

"嗯……很可爱啊。笑一个。"

"别拍了……嘿！我说别拍啦！"

我挡住脸想逃开，她开心地笑出声来。

"是骗你的啦。电池好像都没电了。"

美奈子说完就挨着我坐下了。她和其他人不同，比起不安，看上去倒是更怕无聊。

片刻之后，我开口询问："你……不担心吗？"

"完全不。他就是一时的心血来潮吧，肯定马上就会回来。"

那表情完全不像是在安慰人。她好像真这么想。

"真这样就好了……"

我刚开口，她就狠狠地瞪着我说："肯定会回来的啊！你不信？"

"我倒是想相信……"

"要是这部片子真这么烂尾了，这家制片公司就倒闭了啊。而且给导演投资的人，今后也绝不会再出资了。你知道这意味着什么吗？"

我点头。

"那个人就再也没法拍电影了。"

"是啊。所以导演他无论有什么缘由，都不可能丢下电影跑掉。就算他去了某个地方，也绝对是为了电影才去的——我相信是这样。"

"是啊……如果他是按照个人意志才出走的话——"

我开个头就停下了。我被自己说的这句话吓到了。当然，美奈子也跟我差不多，一脸被吓到的表情。

"什么意思？个人意志……那难道，他有可能不是按照个人意志……你是想说这个吗？"

我慌忙摇头。

"不是，我也不是这个意思——"

"绑架？你是说他被绑架了吗，还是……被威胁了？"

看她似乎当真了，我想一笑带过。

"我可没说这个啊！只是想到而已。那种事大概率也不会发生啊。你觉得究竟谁会绑架导演啊？"

她一直盯着我，眼眸中闪烁不安的光，不久后，耸耸肩说道："这倒也是……"

她随后就陷入了沉默，但一度浮现的不安神色却一直没有从她的眼眸中消退。我还想再稍微安抚两句，这时门开了，是久本他们回来了。会议开始还没三十分钟。我们都站起身，等待他们开口。

久本站定，环视大家的脸之后，满脸愧疚地低着头说："停止拍摄一周。当然这期间若是联系上了导演，就听从导演的指示，要是没联系上，就在一周后也就是十一月二十三日再开一次主管会议，商量怎么办。"

总之，只是把问题搁置起来。怪不得这么快开完会。

久本的视线一跃，像是在找什么人。他的视线最终定格在我身上。

"老三。"

"在。"

我条件反射地挺直了背。

"这期间，希望你去做一件事。"

又跟以前一样——我想说这句话但没说出口。还以为这么轻易就能有一周休息时间呢，看来我还是想错了。

"什么事？"

"把导演找出来。"

"啥？我吗？"我觉得自己肯定听错了。

可久本却点头继续说道："我不是逼你非把他找到，但我希望你至少找出他离开的原因。他为什么会失踪。"

"去拜托征信所之类的是不是更——"

久本粗暴地打断了我的话。

"不行！不能交给外人去做。导演从各个金融机构也借钱了，而且，想必还有很多人跟那群演员一样被他游说个人出资。要是媒体听说这些会怎么样？那些家伙肯定会蜂拥而至想拿回自己的钱。"

这么一来，考虑到目前的财务状况，公司就只能破产。这件事确实不能交给外人来办。

"可为什么要找我——"

"首先第一点。"久本硬是驳回我的话，"你年轻，又是单身。时间自由，也不用操心家里。"

说得还真过分，而且听起来找导演这个工作有多危险似的。

"第二个理由是不会被媒体知晓。你这样的就算四处乱窜，也没人当回事。我是首席，要是我和第二副导演脸色大变地到处跑，他们肯定马上就能猜到是出了什么大事。"

你们别脸色大变地到处跑不就得了吗？我这么想，还是没吱声。

"第三……第三……第三是啥我给忘了。总之你最合适。加油。"

真是岂有此理。可即便如此我也不能说不干。

"知道了……可是，就算他还在东京，要是真想藏，连警察也找不到吧。我觉得大概率够呛——"

"知道了。所以我不抱那么大希望——对了，要是你判断无论如何都找不到线索推断导演的去向，也可以改变策略的。"

"怎么改变啊？"

久本用迄今为止从未有过的认真眼神目不转睛地盯着我，回答道："就算放弃导演也没关系——一定要找到剧本。"

我当时的表情肯定是呆傻至极，所以久本才会再次强调。

"是完整的剧本哦。"

第三章　善后处理

1

我不知先做什么才好,就决定次日再去一次导演家。虽不知导演去了哪里,但剧本很有可能就扔在他家里。

事先联络了静姨,让她给我开门,但到达目的地后还是吓了一跳。是美奈子的车停在房子前。

她正在餐厅喝静姨泡的茶。还没等我说话,她就先开口道:"没车的话行动很不方便吧?我也来帮忙。"

或许这并不是对我个人示好,而是她想积极挽救公司的表现,但我很开心。

"可……你怎么知道我会先来这里呢?"

美奈子轻轻歪头说:"为什么啊……因为我觉得,要是我来解决,也会最先到这里来吧。"

这是心有灵犀啊,一瞬间我特别高兴,但又想,可能每个人都能想到这点,没什么可开心的。

她噘起小嘴。

"可他们还真过分！什么都推给立原你一个人做。逃避责任也得有个限度吧？"

"不是的，那些人肯定也有其他事情要做。要是导演没回来呢，他们或许现在就在想对策。"

静姨端来了茶杯，我也要了一杯茶。

"东家去哪儿了，还不知道吗？"

她的声音和表情都无精打采，看上去病恹恹的。

"嗯……可他也不是小孩子了，您不必那么担心——"

看静姨非常担心导演，我才这么说，但她却快速摇头。

"您是不知道！东家就跟小孩子没什么两样。我要是不一个劲儿地催他，他连饭都不吃，澡也不洗。如今他一个人不知怎么样了。啊，真是让人担心。"

静姨这么说着，美奈子趁她没看见时朝我耸了耸肩。

我强忍着不让自己露出苦笑，决定再安慰她几句就逃掉。

"没事的……他很快就会回来的。对了，我也得去工作了。"

"啊，我也帮你。"

如此这般，我们得以脱身来到书房。这里像是导演在家中时最主要的工作场所。书房就跟导演一样有多年的积淀，从各种尺寸的胶片到录像带应有尽有，专业书籍很多，不光塞满了书架，还满满当当地堆到天花板，真让人怀疑能不能伸手去拿。我可不想因为抽本书出来就被活埋。

我在屋里边走边留心别撞到东西，千辛万苦走到里面的书桌边，结果发现书桌是那种设计师使用的样式，桌面可以倾斜，很有现代感。可称为文房用品的成套纸笔整齐地摆放在桌面，正中间是一台看上去很有分量的手提打字机。不是最近流行的轻薄款，而是打字打印一体式的、相当沉重的机型。剧本是用打字机打印的，很有可能用的就是这台。

"软盘还在里面呢。"美奈子从旁边往里看，说道。

我点点头，坐在椅子上，打开打字机。虽然之前没接触过这个机型，但总有办法吧。

"找找有没有带字的纸张，或是别的软盘。"

我这样拜托美奈子之后，按下打字机的开关。画面上出现了选项，我选择了"读取文档"。刚选完，文档列表就刷地显示出来。

"剧本1""剧本2""剧本3"……

"剧本10"看上去像是最新的，我就点开了这个文件。一眼就看出是《侦探电影》中的一部分。是最后那部分内容。我快速滚动浏览，一直看到最后。

"没有。"

我不禁叫出声。

这段剧本我们已经有了。我又挨个点开其他文档，但那些内容当然都更靠前，就是按照文档名后加数字排的顺序。

"没有吗——这个盒子里装的都是软盘。"

美奈子指向一个细长型的塑料盒,里面大概有不到三十张软盘。盒子上着锁,但盒子上面就有把钥匙。把钥匙插进锁孔去拧一下,锁果然开了。

"真是导演的行事风格啊。"

美奈子咕哝道,我也有同感。

我们一起去看软盘上贴的标签。有"信""剧本"还有"原稿"等,都是一个词带过,让人怀疑这是否能起到整理的作用。这些恐怕都和如今这部电影没啥关系,我虽然这么想,还是决定挨个查看一下。

我用三十分钟左右确认了所有软盘的内容,都是些不相干的资料,其中还有类似私人信件的文件。我心里本来就有疙瘩,而且做到这个地步还是没有任何成果,让我有很深的负罪感。

这期间,美奈子仔细搜索了整个房间,凡是成沓的纸张都会确认写的是什么。

"我这边没找到。你那边呢?"

"不行。什么都没有。画坏了的分镜倒是挺多,可都是已经拍完的场景——他走时肯定带着有结尾部分的软盘和分镜,或者他根本就没打印。剧本的结尾只有他带走的那张软盘里才有。"

"他为什么非得这么做不可啊?"

"那……或许是之前就想到了我们会这样来他家找剧本吧。"

我一瞬间接受了她的观点,但还是觉得奇怪。

"我们没法再坐视不管,才不得不做到这种地步,搞得跟小偷似的。既然导演他知道我们会如此拼命寻找他和剧本,又为何要躲起来呢?"

"谁知道呢……主要是现在还没搞懂他为什么要玩失踪。"

说得没错。一切都很奇怪。我怎么也不相信导演是按照自己的意志行动的——

此时,我脑中有个奇妙的想法挥之不去。或许表情显露出了这个想法带来的冲击,美奈子似乎很不安,跟我搭话。

"怎么了……啊,怎么了啊?"

"难不成——不,没事。"

我欲言又止。

"难不成?难不成什么啊?"她抓着我的袖子,像小孩子般拉拽着我催促道。

没办法,我只好继续说下去:"难不成,是有人不想让这部片子拍完?"

2

有那么一会儿,她看上去像是在怀疑我脑子是不是坏了。我觉得她多半是真的在怀疑。

"什么意思……你这话是什么意思?"

她的语气不知为何十分严厉,我慌忙补充道:"不是,我就是说也有这种可能性,仅此而已。我又没说一定是这样。完全两回事。真的。"

她貌似开始自行思考了,咬着嘴唇说道:"你是说,有人……有人绑架了导演,还顺手带走了剧本的结尾?是这个意思吧?"

"不是,我只是说,这也有可能——"

可她已经听不进我的话了。

"这么一来,为什么导演只留了封信就消失,还有为什么剧本最后的部分找不到,就都能解释得通了。"

"这倒也是,可——"

"就是这样!就算有天大的理由,导演也不可能在拍摄途中跑了啊!这就是蓄意捣乱!就是有人在搞破坏!"

"说搞破坏稍微有点过了——"

"这部电影要是拍不出来,FMW就完蛋了。肯定是有人想搞垮这家公司啊!"

"且慢。做这种事有什么好处呢?谁都不会做这种事吧。"

她突然双手捂嘴。

"不好了!必须赶快报警!"

她往书房外跑,像是要去打电话。我慌忙抓住她的手腕,稍稍有些粗暴地把她拽了回来。

"都说了不行!不能报警!报警的话公司就完了,久本先生不是这么说过吗！"

我的话似乎也能渐渐渗透进她混乱的头脑中了。

"那……那到底应该怎么办呢？就这么干等着公司垮掉吗？"

她求救般地盯着我，我也只能沉默。虽然派给我的杂活我基本都能完成，但我能做的事太有限了。即便从没用过三十五毫米的摄影机，要是硬让我去用，我应该也会用吧；但毋庸置疑，我是无法代替导演的，就算有优秀的摄影师在也不行。我既不知道导演要怎么拍，就算知道了，也没法拍得像他那么好。如果拍不出电影，需要出资去挽救公司，我当然也无能为力。

而且最头疼的是，不仅我做不到，其他人也做不到，任何人都无法代替导演——大柳登志藏。我只能做我能做到的事。

"没事的。我一定会找到导演。"我安慰她道。

3

我们接下来做的事就是狂打电话，但这次都是打给都内有名的酒店。要是有人真想藏起来（或者是被绑架），肯定不会用真名登记入住，但导演有可能用真名，因为要刷信用卡。或许他觉得我们不会采取这种狂打酒店电话的原始手段，根本就没想到要用化名。

我们边翻看放在他家客厅里的全国酒店指南,边往导演有可能入住的酒店打电话。从帝国酒店、凯悦酒店、王子酒店、希尔顿酒店,到新大谷、中心酒店,等等。连山顶酒店[①]都打过了,但没有一家酒店近三天的入住登记表里有大柳登志藏这个名字。

"怎么办?再把酒店规格降低些试试?那位导演不知能不能屈尊入住商务酒店。"

我开口问,美奈子摇头表示不知道。

已经没其他办法了。我们决定不挑了,从头开始打。反正时间还算充裕,电话费也是导演来出。

我们花了两个小时,轮流给上百家酒店打过电话后,多少有点厌倦了。

"休息会儿吧。"

"嗯……到底还剩多少啊?"

听她问我才大致数了一下,粗看还有三百家。这还只是东京都内的数目。

"这里也包含情人酒店、胶囊酒店之类的吗?"

"包含胶囊酒店,倒是不包括情人酒店,就算再离谱,他也肯定是一个人住……的吧?"

[①] Hilltop Hotel,以川端康成和三岛由纪夫等作家长期入住而闻名,被称为"文豪酒店"。

"那……旅馆①呢？"

"旅馆？"

我傻乎乎地重复。之前我从来就没有考虑过，导演会在这个大东京住旅馆？

"旅馆应该有很多吧？"

"那是外地吧？"

"不一定。外地当然多，但即便是东京，旅馆也比酒店多得多啊。"

"你骗我的吧。"

"都说了是真的。"

"不可能。我在东京只见过很少几家旅馆啊。"

"我倒也没见过太多，但肯定有些开在我们不会去的地方，只是我们没注意到。"

看我还是不信，她有些生气，不知从哪里找出一本资料，是将日本地图和各县的各种数据合订成的一本册子，好像是某本书的附录。

看东京住宿设施那一栏，一九八八年的调查显示酒店有四百八十一家，而旅馆实际却有两千一百六十家。

"两千！这哪能查得过来啊！"

可仔细一看那张表，酒店的客房数是六万零五百一十二

---

①指传统日式旅馆，日语写作"旅馆"；前文提到的酒店，则指西式酒店（hotel），日语写作"ホテル"。

间，而旅馆是三万四千九百六十六间。从住宿人数来看还是酒店更多。

"喂，你看看，酒店比旅馆客房多的只有东京和大阪啊。大阪是相差无几。"

"真的啊。嗯，原来如此。"

我俩看了会儿册子，有了很多发现。感觉有些内容确实如其所写，但也有存疑的。

"美奈子你是哪里人？"我假装若无其事地询问。

"东京。"她耸耸肩回答，像是表达这挺不幸的，"很无聊吧。立原你呢？"

"广岛。"

"哎，广岛吗？让我看看。"

于是我俩开始边看广岛的各种数据边交流感想。

"啊，现在可不是干这个的时候。"

我说出这句话时已经是三十分钟后了，我们把找导演的事完全忘了。

"不行！可该怎么办啊……也去调查一下旅馆？"

"先把酒店搞定吧。"

"行是行……你不饿吗？"

在这个绝妙的时机，静姨出声叫我们。

"吃午饭啦。"

我们满怀感激地吃了午饭。

用了一整个下午,我们终于打完了所有酒店的电话,中途差点就要放弃,只靠惯性才打完的。最后得出的结论是,过去这三天导演没用真名在东京都内普通的酒店入住过,但不包括这本指南出版发行后新开的酒店——发行日期是一九八九年十月,已经有一年多了。

我还以为他至少第一晚会住在东京都内的酒店,但当然也不见得一定如此。他有可能乘夜车,也可能去了邻县某处的酒店。也有可能导演并不是夜里出发,而是赶早晨的航班飞去了莫斯科之类的。或许他如今正在麦当劳品尝那里的巨无霸,看它们的味道是不是和资本主义国家的一样。

是啊。任何事都有可能。

"想想别的办法吧。"

美奈子点头。

"要不去打听打听?到附近,或是车站?或许有人见过导演,这样我们就能知道朝哪个方向去查了……"

"我觉得没用。况且,要是打听太多,不就相当于到处宣传导演不见了嘛。"

"是啊……那该怎么办呢?"

怎么办才好呢?我们还有什么能做的呢?

"去问问导演的朋友,看他们有没有什么线索。"

"之前不是都问过了吗?"

"没有，之前只询问导演是否去他们家住了。"

"嗯……可就算是这样，也不能逮个人随便去问吧？在这件事上，这么做反而比到处去打听更危险，我们也不知道圈子里的人会和谁说起。这绝对不行。有可能我们问到的那个人正好就是出资人。"

这也是。相识的熟人更有可能把事情传开。

可这么一来就处处行不通了。犯愁之际，我们决定给久本打电话商量。我按下免提，让美奈子也能听到。

久本的语气很强硬。

"不行！可能被出资者和媒体发现，绝对不能冒这个险。这点必须要避免。"

"是……但这么一来就没有任何线索，也没法寻找导演了。"

我天真地希望他或许能放过我了，不过是我想多了。

"不会啊……导演离不开酒。我告诉你东京都内导演有可能去的店，接下来你每天晚上就去串个两三家找他。你找笔和纸记一下？"

原来如此，还有这个办法。和导演待久了才能知道这些事。

"嗯，是啊。他或许会避开我们有可能去的地方，去那些不常去的地方……"

他只告诉了我那些店的名字，三家在池袋附近，一家赤坂的料亭，还有两家银座的高级（算是）小酒馆。

"你都知道位置了吧？要是不知道就打电话到店里问。"

"在店里点的酒水，肯定能报销吧？"

不报销的话，料亭和高级酒馆等我根本就望而却步啊。

可久本却说："蠢货。这种谁给你报销。想喝就自己掏钱，没钱就在店外面蹲守。"

假模假式的侦探终于要动真格的了。需要蹲守吗？

"听好了，就算导演不在，也要装作若无其事的样子，跟店里的妈妈桑或是其他谁都行，打听一下最近见没见到导演。万一碰巧有人在街上见过他呢。"

"这么一来，我不就非得进去了不是吗？"

久本沉默了。我似乎能看见他那张阴沉的脸。

"喂，首席？"

"没办法。不过只能最低限度的花销才能报。听好了，只能报销一瓶啤酒和餐前小吃的钱，而且你得有水单收据，这不用说吧。超额的部分你自己付。"

美奈子拽拽我的袖子，指向她自己。

"那、那个，美奈子也在帮忙寻找导演呢。她那部分也拜托报销啊。"

我还以为他会说让我一个人去呢，但他没有。

"美奈子……没办法。两人一起去不会让人起疑，可以报销。但是听好哦，别忘了拿收据。明细也要写清楚。只能报销啤酒和小吃,知道了吧?"

"好的好的。知道了。那就先挂了。"

"等等。别挂。美奈子在你那边吗?在的话让她接一下。"

我把听筒交给美奈子。

"喂。我是永末。"

"啊,美奈子吗?"

电话扬声器中传出的声音十分肉麻,简直跟之前判若两人。

"是我。什么事?"

"听说你在和立原一起找导演,真的啊?"

"嗯。不可以吗?"

"哪有哪有!不是不可以,完全没有不可以。这倒是没什么关系,但听好哦,可别忘了。"

"忘了什么?"

久本到底想说什么啊?

"听好哦,虽然立原平时看起来呆呆的,但那家伙毕竟是男的,你没有戒心可不行啊。"

"哈?"美奈子一脸困惑的表情问道,而我连困惑都顾不上。

久本压低声音,继续说道:"不是,是因为之后你们有可能会晚归、一起去那些闹市区,我才这么说。要是他劝你酒要尽量拒绝,换成果汁。过了十点就让那家伙一个人盯着，你自己早点回家。可以让他送你回家，但绝对别让他进门……喂喂，你在听吗？"

"是是。我在听。"

"最近你对那家伙太好了，我觉得你是因为他职位低、经常被人使唤才同情他，但这么做是最不好的！"

"我倒没有——"

"同情经常被错认为爱情呢。听好哦，别让那家伙觉得你对他有意思。虽然在我看来那家伙也没多危险，但那种宅男要是钻了牛角尖，根本不知道他能做出什么——听懂了吗？喂喂？"

宅男？我？被人这么一说倒或许也是。有水野那家伙在，我还一直觉得自己蛮正常的，但在其他人看来我和他就是同类吧。

"好——我知道了。"

美奈子好像已经累了。

"嗯。一定要多加注意啊。那再聊哦。"久本挂了电话。说什么"再聊哦"，真是恶心。

美奈子放下听筒，低头思考了片刻。她是在认真地思考久本说的话吗？我真不知该如何应对这种情况。

她的肩膀开始颤抖。我刚觉得奇怪，下个瞬间却发现她在捧腹大笑。

"哈哈哈哈，他、他说立原你会对我怎么样？说让我过十点就回家！我又不是高中女生……是吧？真可笑……"

"哈、哈哈哈……是啊。要是首席知道刚才是免提通话，真不知他会怎么想。"

我边挤出笑容边说道，样子看上去恐怕相当的蠢。

"就是！现在用多功能电话的人多了，确实也会发生这种事呢。看来我也得注意啊。"

"对我？"我故意这么问道。

"不是啦……是在说电话的免提功能。"

"啊啊……可是，对我也应该注意，是吧？"

她看向我，像是在探究，然后用缓慢的、意味深长的语气说道："就算首席不跟我说这些，我也一直都相当注意立原你。"

"注意……我？"

我很吃惊。一直以来，女生跟我说的都是"和我待在一起很放心""不把我当异性"之类的话。听到她的话，我心情很复杂。

"嗯，是啊。"

"觉得我很危险？"

"是啊。可能……是危险吧。对我而言很危险。"

这句话颇有深意，但她没有再进一步说明。她是在逗我吗？

我莫名有些心神不定。

4

我们约定次日傍晚在池袋集合，可我从没和人约在池袋过，不知该选哪个地点。

"选在哪里你能找到呢？"

我想了想，最熟悉的果然还是电影院。

"文艺坐①。"

"好啊。"

就这样，我们约在了池袋文艺坐的咖啡馆见面。想来自己虽然从上大学就开始在东京生活，但头一次来文艺坐时，说得夸张点简直就像是感受到了文化冲击一般。尽管它坐落于粉红沙龙遍布的萧条后街，但文化的香气（请不要笑我）却没有丢失，看上去还有些可爱之处，跟周围的氛围很契合。这就像在表达我自身对电影的感情。我对文艺坐和文艺坐所处的空间一见钟情。

如今，这点也依旧没有改变。

从所处位置看来，既然是文艺坐的咖啡馆，那咖啡馆里的客人无论如何都应该等同于文艺坐的客人，但不可思议的是有电影迷气质的客人很少。只看内部的话，就是一家随处可见的整洁的咖啡馆。我独自一人在这里时总觉得有些不合

---

①位于东京池袋的一家放映老胶片电影的电影院，一九五六年开始营业，一九九七年停业装修。三年后重新开业，更名为"新文艺坐"。

时宜，但这天的感觉却稍有不同。虽说算不上约会，但我是和美奈子碰面。我们看上去像一起来看电影的恋人吗？

下午四点，她如约而至。看起来很暖和的羊羔绒外套底下是一件连衣裙，这也是我第一次见她穿连衣裙。不知为何，感觉她有些闷闷不乐，但她一开口，那种感觉就烟消云散了。

"你常来这里吗？"

"嗯，算是吧。'Le Pilier'会上映一些其他影院不会放映的电影。""Le Pilier"就是文艺坐中的小剧场，常会上映十六毫米的业余、半业余的电影作品。

"那，我们或许一起看过电影呢。"

这个想法很有魅力。我们或许曾看到同一部电影，一起开心或失落。我俩聊着在这里看过什么电影，没多久就到了五点。太阳已经完全落山，天色变得一片黑暗，走到外面，寒风凛冽。

我们都竖起衣领来，一手拿着地图，先朝第一家店"Charade"的方向走去。这是一家极其普通的KTV酒吧，就算年轻的情侣来光顾也不奇怪。价格也不贵，学生就能付得起。

或许是天气突然冷下来的缘故，刚过五点这里的客人就很多了，放眼看去，店里没有导演的身影。

"喝果汁吗？"

我姑且一问，美奈子笑了。

"少来——啤酒就行啊。"

服务生过来点单，我们问他大柳导演的事，他回答说知道这个人，但很久没见他来过了。我们点了两瓶啤酒和一张比萨，待了一小会儿。途中看其他服务生路过，就去问导演的事，但还是一无所获。片刻之后我们又出发去下一家店——当然，没忘了要小票收据。

第二家店是"鸟八"，从名字就知道是家烤鸡肉串店。听说导演从上学时就常来这家店。一听我们是在导演手底下干活，店主直接走出来请我们喝啤酒。他是个小平头、眯眯眼的大叔，年龄不详，但要说从导演上学时店就一直开着，想来他怎么也有六十多岁了吧。

"哎呀，以前他就说要当电影导演，没想到真让他当上啦——来一杯。"

他"咕噜噜"地倒酒。

"最近他也常来吗？"

"哎呀，最近没露过面呢……那个，他现在不是拍新电影呢吗？"

"嗯，是的。"

"也够努力的呢。哎呀，我不太懂，所以一部都没看过，但大家都说他拍的电影好。那家伙拍的电影啊，肯定都是好电影。你们也会那个吧，将来会自己拍电影，是吧？要像那家伙一样，拍出好电影来哦。"

他边这么说，边用力拍我的肩膀，开心地笑着走回后厨去了。

美奈子喜笑颜开地说:"老板人很好啊。"

"嗯。"

虽然遇到了聊得来的人,但收获依旧是零。我们再次返回池袋的霓虹灯下,向今天最后一家计划前往的店进军。

店名叫"La Mer",前厅于我俩而言稍显高级。下定决心走进去一看,氛围果然不太适合。让人一坐就会陷进去的绵软沙发搭配矮桌,女招待们屈膝跪地送上毛巾。我们今天的着装比平时还正式些,但这里确实不太适合年轻情侣。四下一看,全都是些看起来能"公款报销"的大叔。

一位大眼睛的女招待来到我们桌前小声报上姓名"我叫小忍"。在这种地方,女性的年龄比平时更难猜,但我觉得她应该和我们差不多大,因为她化的是淡妆,能看到皮肤特别好。看脸并不是那种让人一眼就能记住的美女,但那犹如新鲜蜜桃般干净通透的肌肤却别具魅力。

似乎是发现了我们不太自在,她开口道:"是第一次来?"

"嗯,是。有人介绍的……"

我多少有点慌乱,但也并不全是因为待在这里不自在。

"啊,哪位介绍的呢?"

看上去她并不是真想问出答案。

"是一位名叫大柳登志藏的拍电影的——"

"哎呀,你们是小登志的熟人啊?"她的眼神一下亮了。

看来我们是碰巧遇到一个对导演有好感的人。美奈子看着她,视线中似乎带刺。

"您和他是什么关系?"

"在他手底下工作。如今也在拍电影呢。"

"我知道啊。是叫《侦探电影》吧?之前听他说过很多遍——你们只喝啤酒吗?别担心钱,再多喝点啊。对了,我把导演存在这里的酒拿出来。好吧?"

"不、不用,哪儿能——"

她摆手打断我的话,说了一句让我们精神一振的话。

"没事没事。之前我还跟他说最近都没见到他人。他真就一次都不来,这是惩罚。全给他喝光都行,反正早就过期了。这还是专门给他留的呢,不管他了。"

"之前?之前是什么时候呢?"

拍摄时导演应该没空来池袋这边。这样的话——

她把手指贴在嘴唇上想了一会儿。

"嗯,是什么时候来着……啊,昨天啊。对了就是昨天。最近我都记不清日子了。怎么啦?"

我和美奈子飞快地交换视线。我知道她也很紧张。

我尽量若无其事地继续说:"咦……你们是在哪里见面的啊?没在这家店里吗?"

"没在哦。我看见他挺吃惊的。我本来是白天去阳光城有点事要办,结果就在酒店大堂突然碰见他了。"

她把眼睛瞪得溜圆，像是在展示她当时有多吃惊。从她眼睛瞪圆的程度来看，跟已故的马蒂·费德曼不相上下。

找到了！终于要找到了！我在心中大声称快，拼命掩饰这份快意。美奈子脸上似乎没有隐藏住惊愕，但所幸小忍没看她那边。

"咦……他究竟在那里干什么啊？"

"是啊。我也问了，问他不用工作吗，然后他就说这也算是工作。这是叫采景吗？我不太懂，他说就是这个——你们连小登志在干什么都不知道吗？"

"哦、嗯、怎么说呢——导演有时会全部独自承担呢。"

"啊，那个人是喜欢独来独往。"

她表示理解。

既然已经获得了如此有用的信息，就不用再在这家店耗着了，我们决定再坐片刻以免受到怀疑。小忍强硬地劝酒，我们便依了她，甚至还喝了点导演存的酒。美奈子从今天见面时精神就不太好，或许是灯光的关系，现在看上去更是脸色煞白。

"总觉得你不太舒服。"我问道。

她叹了口气，像是得救般点头。

"抱歉。稍等我一下。"

她这么说完就站起身，快步走向洗手间。没喝那么多酒应该不会醉，难道是感冒了？

"她是你女朋友？"小忍目送她的背影说道。

"不，不是哦。"

"哎呀，不是吗？嗯哼。"

她脸上浮现出饶有兴趣的表情。

不久美奈子回来，我问她有没有事，她露出虚弱的笑容摇摇头，反倒更让我不安。总之，我们决定先离开这家店再说。

结账时两个人花了一万日元整。这是两瓶啤酒、小菜和冰块的价钱，不知在这种店算贵还是便宜。

我一边朝着阳光城的方向走，一边兴奋地说："太好了！没想到第一天就能找到他。可导演他到底想干什么啊？不好好说清楚这件事可跟他没完。"

美奈子的表情却和我正相反，有一丝忧虑。她小声咕哝着说："就算在大堂看到，也不一定就住在那里，现在说能找到他还为时过早吧。"

"是吗……可导演要是没住在那里，也不可能在酒店出现啊。"

听我这么说完，她似乎生气了。

"光凭这个也没法确定啊。他有可能是约了人，也有可能是进去吃饭啊。"

"话是这么说，但这肯定是重要的线索吧。至少我们能知道昨天导演人就在池袋这里。"

"就算昨天在也不能说明今天还在啊！"她近乎歇斯底里地大叫。

我吓了一跳，停住脚步，她才回过神来般道歉："对不起……我有点烦躁——"

烦躁？我想起她和小忍说话时那尖锐的视线。难道她发觉我对小忍倾心，吃醋了，还是单纯感觉不太舒服？难道……是那天？

我慌忙驱散了自己的想象。

5

我刚拿出事先准备好的导演的照片，向前台询问此人是否住在这里，年轻的前台接待就说"不好意思，这边无法回答您这个问题"。之前预料到可能会遇到这种情况，我斜视了一眼美奈子，开始讲出之前编好的说辞。

"那个人……或许是她父亲哟。"

美奈子的脸上一瞬间显露出惊愕，不过机灵如她，反应很快，马上把头低下去了。

她小时候父亲就失踪了，母亲去年病逝，但她是个健康阳光的人，现在在当护士，等等。我侃侃而谈，根本不给前台插嘴的机会。

"昨天，有人说在这里看到一个跟她父亲非常相像的男人。我们听到后，就慌忙乘飞机来东京了。"

我还没想过是从哪里飞来的东京，好在对方也没追问。

"请稍等一下。"

不知为何，前台接待背过脸走进了里间。我们听到擤鼻涕的声音。片刻之后他走回来时，眼睛有些充血。

"那位客人确实在这里开房了。那个……用的名字是牧野雅裕。"前台压低声音说。

我瞬间感到欣喜，注意到他用的是过去式时，又心生不安。

"那现在呢？"

听我这么询问，前台接待的脸痛苦地扭曲了。

"非常遗憾……他在大约一小时前退房了。"

"该死的！什么牧野雅裕！把别人当猴耍也得有个限度！"

这件事让我头一次从心底愤怒。导演明显就是按照自己意愿使用假名到处逃窜、躲避我们，无论他有什么理由都不可原谅。

"别这么大声！别人都在看呢。"美奈子说。

想到导演或许还在附近，我俩便在阳光城里来回转悠。

"还管这个吗？那个人……那个人，这是要搞垮他自己的公司！"

"没有的事……不可能啊。他为了电影可以做任何事——总之，我们知道不可能是绑架之类的事了，等时机成熟他肯定会回来的啊。"

她咬着嘴唇,像是在忍受痛苦。

"时机?什么时机?现在不是说这话的时候吧?这期间也许有人会注意到我们的拍摄中止了,也许会注意到导演家一直没人,也许圈子里的某些人会像'La Mer'的小忍那样,在他不该出现的地方和他偶遇。别以为只要我们保密,这事就完全不会被媒体发现,不是吗?"

"够了!为什么不能相信导演呢!难道你不是因为喜欢、尊敬那个人才和他一起工作吗?无论导演做什么都要信任他,你没有这种心境吗?我之前真没想到你会是这种人。"

我说错了什么吗?美奈子似乎比之前更生气了。事到如今我虽然不想说相信导演这种漂亮话,但也不想被她讨厌。

"这个……如果他可信那当然更好……但这样下去……"

"我们别再去找导演了。他就是想藏起来。要是这样的话,我们就相信他,随他去。我们还有其他事要做。"

"其他事?"我大张着嘴盯着她。

她说有其他事要做,可我们能做的究竟是什么?

她慢慢吸进一口气,开口说道:"把《侦探电影》拍完。"

"靠我们?"

她点头。

"嗯。我觉得导演正是为此才藏起来的——除了这个其他都没可能。我觉得他想表达的是,就算没有他,大家也要尝试去做。"

虽然她的话让我根本相信不了，但有一点我不能否认。

如果找不到导演，就算没有他，我们也必须要把电影拍完。因为不这么做的话，我们这个 Film Makers Workshop 就会永久消失。

第四章　主管会议

1

十一月二十三日上午十一点。主管会议结束。所有工作人员，再加上演员都齐聚办公室。美奈子朝着这些焦躁的人们端起了摄影机，可看上去就像是想藏在摄影机后面、融入背景里一般。

久本跟上次开会时一样，一推门进来，就环视列座的众人，开口道："导演失踪到现在已经十天了。要是工作再这么停滞下去，就很难赶上首映了——所以会议的结论是这样的：各部门联合起来，无论如何都要把《侦探电影》拍完。"

这个结论是理所当然的，但还是引起了些许骚动。

久本继续道："总之，剪辑和录音部门的人先尽全力让之前拍的片段成形。剩下的人——摄影、副导演组、照明和美术部门去反复观看样片，自由交换意见，讨论出结尾部分该如何拍摄。主线拍摄意见达成一致后，由我来写剧本，然后尽可能快地再次开机——"

"稍等一下。"莲见插嘴道。

"什么事……"

久本看着莲见，表情像是在说"又怎么了"。

"我们也有权提出建议。咱们如今不是在一条船上吗？这部电影要是不成功，无论作为演员还是出资人都难受。因此，我们不能袖手旁观。"

"您说要怎么做呢？"

"——这不是我个人的意见哦，是大家共同的决定。在确定影片结尾时，希望也让我们参与进来。毕竟是由我们来饰演，结尾也得让我们认可。"

我觉得这要求并不过分。而且，既然是"出资人"的意见，那就更无法拒绝。久本似乎也这么想。

"我知道了——那就午饭后再看一次样片，之后商量。各位演员老师自愿参加，这样可以吧？"

没人提出异议。

在池袋以毫厘之差没能抓到导演之后，美奈子就不参与寻找导演的行动了。我提议，找人这件事就到此为止，可被久本驳回，只好独自一人去剩下的酒场寻找，但再也没能像第一天那样离导演那么近。

如此过了一个星期，我毫无收获。又到开主管会议的时间了。虽然美奈子会和我打招呼，但不知为何总像在躲着我。

也许是因为她让我别再找导演,我没听她的话,被她讨厌了。我之前还想跟她解释,这是首席的命令,我没办法拒绝,又感觉这么解释挺傻的,还是算了。我心中也涌起怒火,要是因为这种事就讨厌我,那她也够不讲理的。

久本似乎发觉了我们之间奇怪的气氛,靠过来对我低声耳语道:"你这家伙,对美奈子做什么了?"

"没有,什么都没做啊。"

"真的吗……那为什么她要躲着你?"

"不知道啊,为什么——您可以去问她。"

"哼……"久本来回打量着我和美奈子,再次开口道,"听好哦,我想你应该清楚,要是你对美奈子做出什么奇怪的事,别说导演,就连我,还有其他人也都不会放过你。"

"什么奇怪的事啊!我对美奈子什么都没做!"

"你知道就好。知道就好。"

久本拍拍我的肩膀走掉了。

真是的,之前的电话也是,久本还真是对美奈子和我的事情反应过度。难道这个将近四十岁的有妇之夫迷上她了——怎么说也不可能吧。久本的态度看起来更像是对他自己的女儿一样。他应该是想守护美奈子这个FMW的团宠,才流露出这种情绪吧。

订的外卖盒饭送到后,我们过来取。美奈子也不靠近我,独自闷头吃饭。久本走过去问候,端起摄影机要拍她,但她只是不乐意地低下头。

水野端着盒饭走过来说:"听说你和美奈子吵架啦?"

"是首席说的?都跟他说了没吵架。"

"是吗……但我觉得她确实有些反常。"

听他低声这么说,我又偷偷看了下美奈子的样子。看起来她不仅对我一人,对周围一切都很生气。

"哎,别闷闷不乐的了——对了,那我出个谜题吧!"

或许是想让我打起精神来,他没等我说话就开始出题了。

"大卫·格里菲斯的电影,曾在尼克国际儿童频道播放,名字是?"

我虽然没心情猜这个,但还是脱口而出:"《一个国家的诞生》。"

"那《早安巴比伦》是?"

"《党同伐异》[1]……这都第二个问题了吧?"

"该死,看来还是太简单了啊!"

他把手指关节弄出响声,一副后悔的样子。看他这样,我露出了些许笑容。

"要咖啡吗?"

"嗯。"

水野点头,把吃到一半的盒饭放下,向外走去。难不成

---

[1]《早安巴比伦》由意大利的塔维亚尼兄弟二人担任导演,影片中有对大卫·格里菲斯经典影片《党同伐异》致敬的段落。

他故意出了简单的题吗？我暗自揣测，但大概是我想多了。

我扫了一眼美奈子的方向，她好像之前也在朝这边看，慌忙把视线移开了——我到底做了什么啊？期望太大就没好事。我这么想，轻轻叹了口气。

我们决定再看一次样片。这次要目不转睛地紧盯屏幕，看有没有遗漏的地方，有没有能推理出结尾的线索隐藏其中。之前拿到剧本和上次观看样片时，当然也有心推理凶手，但这次，所有人都前所未有地认真。要问为什么，这可关系到自己的生计哪。其中还有许多人，就算说这件事关乎他们的人生也绝不为过。

我的推理能力本来就不算强。虽然喜欢推理，经常读推理小说，但就算冥思苦想也从没猜中过真凶。可电影和电视剧例外。除了剧中的线索，再结合出演角色的演员、影片拍摄手法来思考的话，大体能知道谁是凶手。普通人也都能推理出来吧。即便是电影摄制方，在拍摄时也不会把重点放在欺骗观众上。

但这部《侦探电影》却让我毫无头绪。考虑到大柳导演之前那副自信满满的样子，他肯定埋下了奇怪的伏笔，但我一丁点都猜不着那到底是什么。这部电影虽然充满了悬疑感，但至今为止我也并没觉得它有什么特殊之处。导演所想的到底是什么不得了的结尾呢？

话虽如此，导演所构想的结尾是什么，说实话我已经无所谓了。这个剧组目前正处于生死存亡的紧要关头。拍出的影片只要不受到导演和其他工作人员强烈评判，就没什么可抱怨的。就算导演之后回来说什么"跟我想的不一样"，也是他自作自受。久本他们大概也是这么想的吧。

换句话说，此时我脑中的疑问并不是"谁是凶手"，而变成了"让谁当凶手，这部电影能好看"。

不，其实没这么简单。女主人鹭沼润子会不会就是死于谋杀呢？自由作家辰巳似乎在追查某个行踪不明的人，若是这个人已经在某处被杀了呢？这样的话，这些案件应该也有凶手，但又无法完全保证所有案件都是同一人所为。倘若凶手各不相同，就有太多种排列组合的方案了。

"谁杀害谁，能让这部电影好看呢？"

——这个疑问，到底谁能回答呢？

2

惨叫声从狂风暴雨声的间隙传入辰巳的耳中，此时他穿着衬衫，敞着胸口，正躺在床上出神地望着天花板。他像弹簧一般坐起身，屏住呼吸。这惨叫听起来既像在宅邸内，也像从宅邸外传来。辰巳放在床边桌上的手表显示的是一点钟。刚才借来的那件睡袍随意地搭在扶手椅的椅背上。

辰巳侧耳倾听了片刻，并没有再听到第二声类似惨叫的声音。他从床上滑下来,连拖鞋也没穿就赤脚飞奔到走廊。

他意外碰见了隔壁房间的贵雄,也就是鹭沼润子的外甥。贵雄和他一样,也是从自己房间跑出来的。看来贵雄刚才已经睡了,穿着一身睡衣,正揉着充血的眼睛。

"听、听到了吗,刚才?"少年怯生生地说。

"啊啊……好像是女人的惨叫?"辰巳说。

少年沉默地点头。

"是从哪儿传来的呢?"

"不知道啊……好像是从外面传来的。"

辰巳不置可否地点头,刚要从他们房间前的楼梯走下去时,穿着睡衣、披着对襟毛衣的薮井老人或许是听到了动静,从走廊向他们这边走来。

"薮井先生您也……听到了吗?"

只听到这几个字,薮井好像就懂了,一脸不安地问道:"是哪儿的声音呢?"

对于薮井的疑问,辰巳和贵雄对视后一起摇头。

"其他人呢?"辰巳问道,似乎是刚想到这一点。

薮井的目光游走到辰巳身后,扫了一眼后回答道:"小姐刚才应该在洗澡——"

贵雄受惊般抬起头,向浴室跑去。辰巳和薮井二人也追在后面。

贵雄一路跑到更衣室门前,砰砰地敲起了门。能听到细微的水声。

"姐姐！五十铃姐姐，在吗？"

三人侧耳倾听。里面有开关门的声音，好像有人。

更衣室的门轻轻向内打开。鹭沼五十铃站在那里，只用一条浴巾裹住湿漉漉的胴体。辰巳和薮井满脸歉意地低头向下看。

"贵雄？什么事？"

"太好了！你没事。"

贵雄放心地长舒一口气。

"出什么事了吗？"五十铃问道，像是在询问后面的两人。

"我听到了女人的惨叫声！怕是五十铃姐你……"

"不是我啊……女人的话除了我还有——"

只有林护士了。众人似乎都意识到了这一点。

"那位护士呢？"

薮井没有立刻回答辰巳的问题，慌忙从刚才下来的楼梯往上走。辰巳和贵雄紧随其后。

"她应该已经休息了……"

上楼来到走廊尽头的房间，薮井轻轻地敲门。

"林小姐……您在吗？"

没人应答，薮井再次敲门。

"林小姐？"

还是无人应答。

"声音或许是从外面传来的。我去外面看看,可以借我一把伞吗?"

薮井点头后,就带辰巳去玄关那边,从鞋柜里取出伞递给他。

"我去夫人那边看看。"

"慎重起见,也顺便看一下细野医生那边的情况。"

慎重起见,这句话是什么意思,连说这话的辰巳自己可能也不清楚,但薮井什么也没问,再次走上楼梯。

辰巳开门就冲进了雨中,他急忙把伞撑开。

另一边,薮井和贵雄一起去敲细野医生的房门。二人凝神静听,好像能听见鼾声,于是稍稍加重力度,再次敲门。

薮井的脸上浮现出焦躁之色。这时,他听到辰巳在大声喊他们。

"薮井先生!在外面!请把医生带到外面!"

薮井深吸一口气,刚要回答他时,细野终于揉着惺忪睡眼打开了房门。

"到底谁啊……喊这么大声?"

"是辰巳。他刚才听到了女人的惨叫,去外面了……好像发生了什么事。医生您没听到什么动静吗?"

薮井和贵雄不约而同地用怀疑的目光注视着这位中年医生。他也看向他们,一脸茫然地回答道:"我睡觉很沉。今天各种事也累坏了——惨叫?不是风声之类的吗?应该没人会到这种地方来……"

这时,外面再次响起辰巳的声音。

"薮井先生!快点过来!人好像死了!"

这句话似乎唤醒了细野的职业意识,他一下子睁开了眼睛,钻进房间又出来时已经披上了上衣,拿着急救箱奔跑出去。

屋外,一个男人呆立在雨中。借着窗户透出的光,可以勉强分辨出那个人是辰巳。他出来时应该是带了伞,可现在手里却没有。细野和薮井正在边说着什么边向这边赶来,二人身后紧跟着贵雄。

"喂!发生什么事了!"

听到细野在身后发问,辰巳也没有回头,只是指向地面。一个穿睡衣的女人倒在那里。一把雨伞像支起来的捕鸟筐般遮住了她的上半身,但那无疑就是林护士。

细野蹲下身,轻轻把雨伞拿起来一看。正对着自己的那张脸有半边都掩埋在泥水里。他用手指翻开另外半边脸的眼皮,用刚才从包里拿出的笔形电筒照。

"医生……难道真……"

对于辰巳的询问,细野没有马上回答,他的目光在林护士全身游走,又抬头向上看。尸体正上方的房间窗子开着,在橘红灯光的映照下,窗帘看起来正在飘动。他的目光再次回到林护士身上,伸手触摸她的后颈处,动作像是在按摩,片刻后叹了口气，缓慢站起身，转向那二人的方向点头道："颈骨断了——放在这儿不管也不是办法，搬到屋里去吧。"

"颈骨？那，她是从那个窗子——从自己房间的窗子掉下来的？"

辰巳用手指向正上方的窗子。

"可能吧。"

"为什么？"

他们相互对视，但没人想要回答这个问题。

辰巳像是意识到什么，突然跑起来。

"怎么了！等等——"

不顾细野的呼唤，辰巳已经泥水飞溅地全速跑到玄关。他拉开门，像要把泥一起甩掉般甩开鞋子。头上裹着毛巾、身着睡袍的五十铃刚巧在此刻出现了。

"出什么事了吗？"

辰巳只回答了一声"嗯"就跑上楼梯，上楼后右转，在第二个房门前停住。他盯着房门片刻，之后抓住门把手拧动。

门没打开。

他咔嗒咔嗒地拧把手，无论是推还是拉，门就是打不开。

"您在做什么？"

辰巳回过头，五十铃正站在那里，用责备的目光看着他。

"这里……这里的钥匙呢？谁有这里的钥匙？"

"钥匙？这是林护士的房间啊。你应该知道吧。"

"我知道！除了林护士，还有别人有这个房间的钥匙吗？"

五十铃似乎从辰巳的语气中感到了事态紧迫，表情变得认真起来。

"薮井先生应该保管着所有的钥匙……"

"鹭沼润子女士——夫人呢？"

"不太清楚……之前或许有。"

"之前？之前或许有①是什么意思啊？现在呢？"

辰巳敏锐地反问道。

"就是'或许有'的意思啊。你这人还真是注意这些小事。"

辰巳盯着她看了片刻，开口道："还有其他人能自由出入这个房间吗？"

"不知道啊……到底怎么了？为什么我非得回答你这种问题啊。这个房间怎么了？"

有人先辰巳一步回答了她的问题。

"林小姐从房间的窗户掉下去了。很遗憾，她去世了。"

是薮井走上了楼梯。

"从窗户掉下去了……怎么会！"

她的声音愤慨，就像自己受到了不合理的对待。

辰巳缓慢地摇头，补充道："她不是掉下去的，而是被人推下去的。"

---

①此处五十铃使用了日语的过去式表达。

薮井马上否定道:"这不可能。您说这话有什么依据吗——这就是事故,要不就是自杀。这个房间是锁着的吧?备用钥匙都是我和夫人在保管。就算有人进入房间,把她推下去,也没法再用钥匙把门锁上。"

"但……也有可能是用林小姐自己的钥匙锁上的啊。"辰巳继续说道,但这个可能性也被薮井否定了。

"不可能。因为……那把钥匙就攥在她手里。"

3

样片放完后要进行讨论,我们在那之前准备了白板,上面画着鹭沼宅邸的平面图。其实仔细看影片画面是能知道位置的,但不可能所有观众都看那么仔细。小说的话另说,电影里没法使用那种只有看平面图才懂的诡计,所以这图恐怕没什么用处。

"杀死护士的凶手只能是那个人。"

细川在讨论中第一个发言。每位工作人员都在发愁,他却出奇地自信。会议室没那么宽敞,演员和主管们还能坐在桌边,其他人就只能随意倚靠在墙壁和窗边了。美奈子跟往常一样,用摄影机四下拍摄记录。

"您觉得是谁呢?"久本催促道,表情有些急躁。

细川的语气像在表达"这还看不出来嘛",两手拍着自己的胸脯说："我啊，这还用说吗！除了我之外，还能有谁是凶手呢？"

我觉得他应该是想说，"除了我之外，还有谁能演凶手呢？"

"您是说细野医生是凶手吗？"久本确认道。

"对！连样片都不用看，只要看过剧本的人都能一下子知道。是吧？"

细川边这么说着边环顾其他人，但看没有任何人附和他，好像有些扫兴。

"你们想想看啊！"

细川讲话的样子就像影片中的中年医生。

"贵雄、薮井、五十铃三人，无论怎么看都不可能犯罪。从辰巳听见惨叫后到见到他们每个人的时间间隔来看，这些人都没有时间先推下林护士，再回自己房间或是大浴池。剩下的只有我。我把她推下去之后就藏在她的房间里，等辰巳和贵雄去一楼时再回到自己的房间就行了。薮井他们来叫门时，我那副刚从熟睡中醒来的样子当然就是演给他们看的。"

细川自信满满地揭发自己就是"杀人凶手"。

他的观点并不奇怪。不，再直白点说，正因为这个推理太顺理成章，反倒成了难点。细野是凶手这个结局，或许不会让任何一个观众感到意外。

但花这么长时间去演绎一个谁都能完成的简单推理，似乎连细川本人也不满意。对于久本"太过顺理成章"的反驳，他也毫不迟疑地阐明自己的理论。

"从不在场证明这点来看确实缺少意外性，但动机上有啊。我的推理是这样的——鹭沼润子的自杀才是一切的开端。你们觉得那真是自杀吗？那其实是由于我用药错误导致的，是过失致死，这样如何？"

细川脸上露出凶手般的笑容。

"用药错误？"

听到这句话，会议室各处都响起议论。我端正姿势，这推理或许还有点意思。

"因为我用药的剂量出错，才害死了鹭沼润子——对，应该是那种麻醉剂之类，为了减缓只能等死的她的痛苦。她这样的知名女演员，要是因为用药错误致死，必定会成为大新闻。我不想就此断送一生也是理所当然的吧？然后呢，我就想方设法隐瞒，让人以为她是自然死亡，却偏偏被这个林护士发觉了。"

细川边这么说边用手指向演护士的森美树。她突然受到注目，别过脸去，像是不乐意被人这么盯着。

"那细野怎么拿到林护士房间的钥匙呢？"久本直戳要害。

如影片中所说，薮井负责保管所有的备用钥匙。虽然女主人鹭沼润子也有备用钥匙，但她的房间也是锁着的，所以除了薮井之外，别人根本拿不到钥匙。薮井自己也这么说，他应该不会说谎，因为不会有人故意说谎将犯罪嫌疑锁定在自己一个人身上。

然而细川似乎也考虑到了这点。

"我当然是杀害她之后,在她房间里找到的。走出房间后把门锁上,在检查尸体时再拿出来,装作是从她手里发现的就行了。这不是很简单吗?"

"可你是如何进入她房间的呢?她跟细野医生还没那么熟,穿一身睡衣来给他开门不是很奇怪吗?"

细川脸上露出害羞的笑容。

"她应该是……心生好感吧,对细野医生。"

他这次总算没用"我"这个第一人称。或许是说不出口吧。

"也许是看诊期间细野与她发生了关系。后来细野不喜欢她了,但又甩不掉,才一咬牙要杀了她。"

细川一副半开玩笑的表情,提出了另一个动机。

"那种事根本不可能!"森美树语气强硬地打断了细川的发言。

大家都吃惊地看着她。她像回过神来般捂住自己的嘴,那反应让众人比刚才还吃惊。因为她脸红了,脸一直红到耳根。

但她还是继续说道:"林……林护士她不是那种女人。她是个敬业的人啊。夫人的病情随时可能有变,她在这幢房子里工作……怎么会和人……发生关系……这种事根本无法想象!"

她好像已经结婚生子了，但现在看上去却和影片中一样，像个毫无情趣、歇斯底里的老处女。

细川好像有些慌张，补充道："这倒也是啊……啊，刚才那段请别放在心上。但她同为医疗工作者，才没对医生产生戒备之心，这是有可能的吧。"

"或许吧。但要是她知道了你——不，细野医生为掩盖用药错误而杀死鹭沼润子这件事，肯定也会想到细野医生要杀人灭口的。"

似乎又被久本戳中了痛点，细川皱起了眉头。

"那是因为……那个啊……她不知道我知道她知道这件事。"

她不知道……细野医生知道……她知道这件事……

这句话一直进不去脑子。好多人嘴里不住地叨咕，想搞懂这句话的意思。

"——总之就是这么回事。她应该不知道，细野医生已经知道了她知道用错药这件事。"

久本换了个说法，但丝毫没比之前更好懂。

"哈？等等……嗯、嗯、对。就是这个意思。"

"这个说法太牵强了，姑且先按这个来。可林护士至少应该知道细野医生的为人吧？如果他是这种会掩盖用药错误的人，她能信得过他吗？"

"说什么信得过信不过，也不会那么夸张啦。只要说些夫人情况有异之类的话——啊，不行啊。"

"当然不行，鹭沼润子其实已经死了，这件事除了辰巳其他人应该都知道。"

"无论如何，让她把门打开这点应该是能办到的。"

"我们讨论的不是这个吧。"森美树再次插嘴道，"问题是，林护士那样的女性怎么会穿一身睡衣给男人开门。"

"不会开吗？"

"不会开呢。"

二人怒目相视，不出所料，还是细川先移开了视线。

久本边叹气边说："这种细节就先放一放——还有其他意见吗？"

我举起手，对细川提了个问题："要是用药错误，鹭沼润子的遗书又是怎么回事呢？"

听到是其他话题，细川像是松了口气。

"当然是伪造的啊。恐怕润子的病已经重到连字都写不了的地步。就算是身体健康的人，平躺在床上也是没办法像平时那样写字的。只要把字写得很丑，就算不像她的字，也不会有任何人注意到。"

作为小道具的遗书就是一张折好的白纸，画面不会拍到纸上的内容，所以他这么说也没什么不行。但要说遗书是伪造的，就应该先给出相关线索，这样才公平啊——我这么说。

细川皱起眉头。

"或许吧，但要是润子的死不是自杀，最有嫌疑的就是我了。是这样吧？"

大家都点了点头。的确，要在药瓶上做手脚，身为医生的细野是最合适的人选。

"反过来说，如果我不是凶手，润子的死就是自杀了。如何，你们真的认为她是自杀吗？"

这个问题很难回答。要认为她是自杀，那与护士的死和辰巳一直寻找的男人又如何关联起来，就毫无头绪了。而且，这栋宅子里的人为何要隐瞒润子的死，原本也无从知晓。辰巳想和润子见面才悄悄去往她的房间，但实际上薮井却从外面锁了房门。润子的尸体如何了，这没有告诉观众，或许一直都横躺在房间的床上？

久本开口道："其实还有一种可能性，就是鹭沼润子并没有自杀，甚至压根儿就没死。"

不是自夸，我也考虑过这个可能性。

"说她没死是什么意思？"细川的推理被打断，赌气般地问道。

"这也并非与'细野医生凶手说'无关。虽然不知有什么缘由，但她有可能与医生合谋，装死。我不知道现实中是否真有药物能让人处于假死状态，但电视剧不经常这么演吗——总之，关于润子的死，现在有三个选项：像看上去那样是自杀，装作自杀，被伪装成自杀的谋杀或是事故。"

久本应该没那么喜欢推理，但他现在能不时看一眼面前的笔记、条理清晰地说明自己的想法，恐怕花了这一周时间在整理吧。

"其中装作自杀和伪装成自杀的谋杀，这两种情况是与细野医生有关的。"

令人吃惊的是，第二副导演须藤满脸慌张地插嘴。除了在拍摄场地，他在人多的场合很少开口。特别是像这样开会时，一说话就结巴。

"请、请等、等一下。"

"怎么了？"

久本也有点吃惊。

"装、装、装作自杀，是怎、怎、怎么回事——"

"你问是怎么回事？刚不是说了吗。她其实还活着——"

"不、不行！跟、跟我老、老妈说的是躺、躺在床、床上就好，演、演出可——"

对了！忘了一件重要的事。饰演鹭沼润子这一角色的是须藤的母亲！因为这是个尸体的角色，一直躺在床上就行，大柳导演提议找个不用付片酬的人，才让我从工作人员的母亲中挑了个与角色气质最相近的。就算导演很厉害，能用好那些没名气的演员，但应该也从未考虑给她一点戏份。这么一来，说什么其实鹭沼润子还活着，这种可能性绝对没有。

久本嘖嘖咂嘴。

"是啊……鹭沼润子的场景应该只有那一个啊……"

"也就是说，装作自杀的可能性没有了啊——只有真正自杀和伪装成自杀的谋杀两个选项了。大家觉得哪个更有意思呢？"细川像是再次掌握了主导权，向大家提问。那语气就差直接说出"当然是伪装成自杀的谋杀更有意思了"。

坐在细川右边的莲见开口了。

"不管多有意思，逻辑不通也不行呢。"

"你说什么？"细川用凌厉的目光看向莲见。

莲见泰然地与他目光对峙，说道："如果是用药失误致死，我拿的那个登载失踪的报纸又是什么呢？毫不相干吗？"

"报纸？啊啊，那个啊。那种东西随便找个理由都能解释哈。我觉得那只是辰巳的过去吧。好友的死给他的打击延续至今，导演是想表达这个吧。"

"打击延续至今？辰巳看上去是那种男人吗？别开玩笑。那家伙啊，看似轻佻的外表背后，其实是有着不惜性命也要找出朋友失踪秘密的决心。他就是那样的人啊。"

莲见说这话时，像是将自己饰演的男人当作了至交好友。

"不惜性命？这也太夸张了吧。这都只是你的解释，导演是怎么想的还不知道。"

莲见一脸吃惊地再次看向细川："看样片不就能一目了然嘛！那些镜头都是导演说过OK的，这不就说明里面表达的全都是导演的意图吗？"

细川耸肩道:"说是这么说,可我倒看不出辰巳是什么热血男儿。我觉得用'捉摸不透'这个词来形容更精确。"

二者相较,我的看法可能更接近细川的意见,但也许莲见更了解自己饰演的角色。也许不到影片的真正结尾,我们无从得知哪个才是辰巳的真面目吧。

久本不耐烦地插嘴道:"你们两人能不能先冷静一下。我们不是要现在下结论,要在讨论出各种结局的基础上,大家一起选出最好的。我会把细川先生的这条建议记下来。细川……不,是细野医生杀害了鹭沼润子和林护士,这么写可以吧?"

"啊,可以——我再提醒一次啊,从不在场证明来看,只有这种可能性。是吧?"

细川再次用挑战般的目光环视众人。这次应战的是美玲。

"我觉得你说得不对哦。"

4

"什么?那你来说说。"

细川的身体大幅后仰,瞪着坐在莲见右边的美玲。

美玲停顿了片刻,好像在整理脑中的想法。

"不在场证明——从时间上来看,医生确实有嫌疑。但是让有嫌疑的人直接成为凶手,有这种侦探电影吗?若是冲动杀人姑且还说得通，像细野医生这样的高智商人士，却没伪造任何不在场证明，这不是很奇怪吗？"

"明明都伪造成自杀了，哪还需要什么不在场证明啊。"

美玲露出吃惊的表情："哎呀，那是要伪造成自杀吗？要是像鹭沼润子那时一样，也准备个遗书什么的就更好喽。"

"太匆忙了，没有时间啊。"细川艰难地辩解道。

久本探身插嘴说："清原女士，您究竟觉得谁是凶手呢？请您先把这点说出来。"

美玲满意地点头，用食指指着自己的脸说："当然是，鹭沼五十铃了。"

细川听到这句话后，"哈"地笑了。

"五十铃不是一直在洗澡吗？从二楼林护士的房间跑下来到浴场，再脱了衣服泡澡吗？无论如何也赶不及吧。时间上绝对不够。"

"听好了——我是一脱了衣服进浴场，就从浴场的窗户去外面了，光着身子。"

"外面？去外面干什么呢？"

"闭嘴听我说。我绕房子一圈来到林护士的房间下面，朝她的窗户扔小石子。她起身推开窗户想看看怎么回事，然后呢，我就投了一个绳套，套在她脖子上，用力一拽。"

细川一副目瞪口呆的表情，随即大笑道："绳套？像牛仔那样？这可真是杰作啊！"

"有什么可笑的。不是有尼龙绳吗？就用的那个。而且肯定有晾衣绳之类，用那个也行啊，一头系上用钢丝做的套什么的。"

我很吃惊。吃惊的不仅是她的推理，还有目前的状况。细川说细野医生是凶手，美玲也说自己饰演的鹭沼五十铃是凶手。

这到底是怎么回事？

我对比他们的表情，片刻之后找到了共同之处。

无论细川还是美玲，都希望自己饰演的角色是凶手。凶手是这部侦探电影的反面主角，是非常重要的角色，倘若演好了，连主角侦探的风头都可以抢走。换句话说，对他们而言，如今这些因导演失踪而发生的状况，正是自己攀升为主角的机会。无论真正的结尾——导演所考虑的结尾如何，他们都要先找理由把自己打造成凶手！

"啊，就算这样能行，你是想光着身子杀人吗——你，是想全裸出镜吗？"细川坏笑着说。

四下顿时响起窃笑声。

美玲一副毫不介意的表情，耸肩道："这不是没办法嘛，情节需要啊。"

"导演之前就这件事征得你同意了吗？"

"同意？全裸这件事？当然没有啊。"

"那不就很奇怪了吗？要是你看到剧本不愿意这么演，那该如何拍完电影呢？一般都会预先征得你的同意吧。"

确实如他所说。听说在拍摄一些情色电影时，为了让不想脱的女演员出镜，会先骗她，真拍到情色镜头时再去说服她。但从没听说大柳导演做过这种事，而且他的影片中向来也没什么情色镜头。

"我有什么不乐意的！又不是男欢女爱之类，只是全裸而已——我又不是什么偶像歌手，就算有男欢女爱的镜头也无所谓呢。就目前的身价，我也没资格说什么不愿意全裸之类的话。导演也应该知道这些的。"

她的表情悲壮而决绝，好像在表达她其实还是不愿意的。这也是被导演锻炼出来的演技吗？

"想脱就脱，你随意，但我是真搞不懂鹭沼五十铃杀害护士的动机。"

听细川这么说，她轻咬下唇。

"动机还是与母亲——鹭沼润子的死有关啊。跟细川刚才所说的一样，或许是五十铃杀害了自己的母亲，然后这件事又被林护士知道了。"

"等等。要是谋杀，肯定是我第一个发觉吧，不管怎么说我是医生啊。"

"不是没做解剖吗？没做解剖就说知道，知道的内容也很有限吧？她还有可能是被枕头之类的捂住、窒息而死的呢。动机之类的细节，我觉得大家一起决定就行啦。重点是本来应该在洗澡的我其实才是凶手,这才有意外性。"

"意外?绳套这种愚蠢的诡计,哪里能叫意外,分明就是在'状况外'吧。"

细川的语气尖酸刻薄,但美玲也毫不逊色。

"杀人之后再把钥匙塞到手里什么的,不是烂大街的老一套吗?"

"请别再争吵了——目前,我们得出了'细野医生凶手说'和'鹭沼五十铃凶手说'两个结论。动机之类的暂且不提,至少可以说这两个人都有机会杀害林护士。虽然绳套能不能用还存在疑问,但'以为是被推下去,其实是从外面被拽下去'这个想法本身还是有讨论价值的——什么事?"

久本边做笔记边总结时,有个人畏畏缩缩地举手。是美术指导川俣。因为工作性质不同,我们在片场拍摄时他大多在休息或是去别的地方工作,所以他跟我们不是太熟。川俣似乎也觉得此时发言有点不妥,声音不大。

"那个……关于浴场……"

"浴场?浴场怎么了?"

"是我们搭建的……按导演的要求。"

他说的是浴场的布景。虽然五十铃的入浴镜头没有用到,但拍摄辰已洗去泥水的片段时用到了更衣室和浴场的布景。

"然后呢?"

久本不挤牙膏似的一句句追问,川俣总监就不往下说。

"我们制作的浴场窗户，人没法进出啊。"

我想起浴场的布景：粉色瓷砖，不锈钢浴池，飘窗样式的窗框——浴场极具现代感，虽然影片中没有说明，但在设定里应该是新近改建过的。

可窗户是什么样子，我还真不记得。

"等等，人无法进出是什么意思？窗户不是足够大吗？"美玲慌张地插嘴道。

"大窗是完全封死的。两边斜着的小窗可以打开，但最多也只能开十五厘米的缝隙。要是小猫小狗的话还可以钻，一般的成年人肯定没法进出。"

听川俣说得如此肯定，美玲的嘴一张一合却发不出声音。她环视四周，似乎在寻找是否有能帮她的人。

细川放声大笑起来。

"这可真是杰作！不愧是大柳导演，连细节都考虑得如此周密，不是吗？他之前肯定就想到过，或许有些家伙会说什么全裸杀人呢。"

"等一下！布景的窗户无法进出，也不能代表现实中——或是说影片中的浴场没法进出呀？"

虽然美玲的逻辑多半是为她自己考虑，但也不能说她是错的。可川俣却难过地摇了摇头。

"但要是仔细看影片，就能看出那扇窗户是封死的。而且在破案时，肯定要拍摄实际犯罪的情景吧？是要我再搭一个景吗？"

这次连美玲也沉默了。她紧咬下唇，像是在拼命忍耐。

我终于意识到，她并不只是玩玩而已，而是拼命地思考过如何让那段推理成立。推选自己当主角这个想法当然是自私的，但一看到她的表情，对她的责难之心又消失了。

她——还有细川，都在拼命地表演，都想拼命地放大自己。身为演员这也是理所当然的。一旦有机会够到主角，就一定会猛扑上去，这就是演员。这份热情，对于拍摄电影来说，非但不是缺点，反而起了巨大的正向推动作用。我这么想着，心中也有些热血沸腾了。

我开口道："不好意思，我有个建议。"

"什么建议？说说看呗。"久本扫了我一眼，用破罐破摔的语气说。

"假设我们在这里想出了一段很棒的推理。这段推理能解决之前故事情节中的各种谜团，还能让电影变得更有意思——"

"我可不想听这种假设。"久本厌烦地说道。

但我还是继续往下说："可是这段推理有且仅有一点不完美，就是和一些极其细小的情节矛盾，如果是这样的话，您会怎么做？"

久本发出"咦"的一声，恍然般抬起头，陷入沉思。

"要是我们只重新拍摄一个场景或一个镜头，就能加上这个非常好的结尾呢?"

当然,这是听到刚才围绕美玲的那些争论才想到的。我的建议就是,倘若"五十铃凶手说"是所有想法中最好的,重拍浴场的场景不是也行嘛。

美玲好像马上注意到了这点,表情一下子亮了。

"对啊!就一个场景,重拍就行了!把浴场的窗户换了就行,相同的角度、相同的表演就行了,不是很简单嘛!"

久本皱起眉,用手撑着脸。

"怎么说呢,这么做……不是在质疑之前拍完的部分吗?一旦开了这个头,之后就会没完没了的。"

"绝对不行!这部电影是经过大柳导演缜密设计而成的,一个镜头都不能重拍!"

细川较真起来,把导演都搬出来了,不过真正意图肯定还是为了自己的推理。

我开口道:"啊,请别误会。我的话说到底就是假设。假设,有个很棒的想法——要把影片拍成导演头脑中所想的那样,对我们来说已经不可能了。这点毋庸置疑。就算我们再能辨明凶手、洞察真相,也无能为力。因为无论台词、分镜,还是拍摄角度和演技,肯定都和导演拍的完全不同。这是没办法的事。更别说我们还有可能看不出谁才是导演选定的凶手。我们要做的并不是去努力重现导演的想法,而是以现成的段落、搭好的布景和在场的演员老师们为材料,并且最大限度地充分利用这些材料，无论如何也要拍出一部好电影，不是吗？我是这么想的。"

话音落下。所有人都低着头，陷入了奇怪的沉默中。糟了，冷场了，我心里发慌，想一笑带过。

"啊，不是，我好像有点多管闲事了。我只是——"

"是的！"久本突然大声叫道。

我以为他在怒吼，吓得一哆嗦。

"你说得没错！我醒悟啦。直到刚才我还只是在想如何窥探到导演头脑中的内容，想着如何能像导演那样去拍摄。我一直都错了！没有任何人能像他那样拍摄，没有任何人。所以，能像我这样拍摄的，也只有我自己！"

我觉得久本有点跑题了，但他好像很感动的样子，我还是决定不泼他冷水了。

"谢谢你，立原。你偶尔也能说句漂亮话呢。"

"当真是呢。"美玲说。

"听清了吗，他说的是要一起拍出好电影。他可没说要一起重拍浴场的片段，是吧？你别搞错了啊。"细川跟美玲强调道。

"我知道了——但要是想拍出一部好电影，还得是我当凶手才行。"

"你说什么呢！只有你能杀死别人吗！"

"哟？说的好像你真杀过人似的。"

夹在两人之间的莲见终于怒吼起来："吵死了！你俩有完没完！"

"看吧，惹人生气了吧。"

"还不是因为你！"

"我，我要超越大柳登志藏！"

"首、首、首、首席，您可真是的！"

会议正在变得一团糟。

是我的错吗？

第五章　凶手太多了

1

　　五分钟休息时间过后，会议再次开始。大家坐到桌前，最先举手的是平时就像个老管家那般内敛拘谨的薮内。

　　"可以开始吗？"

　　看久本点头，薮内开始发言。

　　"细川先生他们说薮井没有犯罪时间，但我对此心存疑问。从听到惨叫的瞬间到辰巳、贵雄碰见薮内，至少也有一分多钟。锁上那个房间的门再跑下楼，一分钟都绰绰有余。"

　　久本似乎在咀嚼这话的意思，片刻后他苦笑道："难道，连您也打算说自己是凶手——"

　　薮内露出微笑，点头道："是的——我不是想反对其他人的意见，但保管钥匙的人就是薮井，他当凶手不是最合理吗？"

　　久本皱眉，开始用铅笔底部"咚咚"地敲桌子。

　　细川开口道："可是……这不是太顺理成章了嘛！唯一拿

着钥匙的人就是凶手，一点意思都没有！"

"犯罪就是越单纯越容易成功啊。小伎俩才容易被戳穿呢。"

这虽不是特别独到的见解，但语气腔调却很有分量，让众人不由得赞同。

"绳套之类的或许也挺有意思，但在科学搜查面前不是很容易就暴露了吗？'细野医生凶手说'也是，杀害林护士后才到处找钥匙，这不是有些欠缺计划性吗？倘若辰巳和贵雄没从林护士的房门前离开，他又怎么逃脱呢？"

细川有些畏缩地反驳道："当然不是那么高智商的犯罪。他那就是被逼得走投无路才慌忙犯下罪行的。"

二人刚要开始争论，久本打断了他们："现在能否不要互相指责缺点——先认可薮井也有犯罪的可能性，那他的动机到底是什么呢？"

薮内露出微笑，眼神中却没有笑意。

"大概是，复仇。"

"复仇？"

好几个人都吃惊地重复。

"薮井是个忘我地深爱女主人的男人，因此才这么多年，从女主人还年轻貌美时就在她身边，一直服侍至今。他到这把年纪也没结婚，只能是这个原因，他一直都盲目地爱恋着她。"

他说得确实没错。我也想起影片中有"从没结过婚"这句台词。

"如此深爱的女人死去了,而且是自杀,薮井必须要找个人负责。自杀的原因之一应该还是苦于病痛吧。那么,本应去减轻她的痛苦、去拯救她的林护士当然要对主人的死负责。毕竟细野医生也不能一刻不离地贴身照顾啊。"

"可照您这么说,薮井的精神状况已经不太正常了,是这个意思吗?"

对于久本的提问,薮内重重点头表示赞同。

"是的。从得知鹭沼润子死去的瞬间,他就已经悄然无声地发疯了。他硬是把所有的愤怒都指向了非但没有救她,还让她有机会吞下安眠药的林护士。"

"那辰巳追查的男人又如何考虑呢?"

久本问出最关键的问题,但薮内对此也准备了答案。

"我觉得,这恐怕与鹭沼润子自杀的原因……另一个原因相关。"

"另一个原因?"

"是的,这个原因可能更重要——倘若辰巳追查的失踪男人是他的朋友,那个男人就有可能跟他一样是个八卦记者。我是这么考虑的:鹭沼润子是被八卦记者抓住了把柄,受到了要挟。是薮井杀掉了那个男人,并把尸体藏在了附近山里的。"

此时,感到毛骨悚然的不止我一人。为了心爱的女主人不惜屡次犯下罪行的老人的形象,与正在安详微笑的薮内简直分毫不差地重叠在一起了。虽不知是本性使然，还是他完全入戏了，若是让眼前的薮内去演凶手，肯定能让观众体会到非同一般的惊悚。

久本像是受到了些许惊吓，但马上又恢复了常态，继续提问："这怎么会成为鹭沼润子自杀的另一个原因呢？"

"——当然，薮井没有告知主人他已经干掉了要挟她的人。男人失踪的报道也有可能让鹭沼润子发觉是他所为，所以也没有让她看到。他这些行为原本是不想让主人痛苦，但却起了反作用。她担心那个把柄泄露，终于无法忍受重压而自杀了。"

我在头脑中描绘出成片。在道出真相的辰巳面前，那位淡然自白的老人薮井。切回犯罪时的场景，就算不极力强调暴力描写也无所谓。这已经足够惊悚了。更重要的是，这个动机很有可取之处。就算知道薮井是杀人凶手，也是他那颗疯狂而美丽的赤胆忠心——或者可以说是爱情——使然，结尾部分某种程度上也能让人感觉舒适。

"原来如此。那个把柄又是什么呢？"久本虽然显露出钦佩之情，但依旧在追问不明确的点。

薮内轻轻耸肩道："是什么都无所谓吧。既可以揭露一个很震撼的事实，反过来也可以是一些非常细碎的小事。女儿或外甥品行不端，或一些小小的犯罪行为，类似这种吧。她毕竟是全国知名的女演员，就算是细碎小事，也无法避免陷入丑闻。对绝对不愿被媒体曝光的她来说,那无疑就是最大的痛苦。"

"原来如此,原来如此。您讲得很清楚,我觉得这是目前最有条理的一条建议。您怎么看,细川先生?"

突然被久本点名,细川双眉紧锁、态度生硬地说:"我没觉得多有条理。这种典型的'管家才是真凶'的情节,不是推理作品中最老套的剧情嘛。反正我不喜欢这个。"

"对、对啊。也太一般了吧?"

美玲也补刀,两人重重点头。刚刚还反目的二人,这次似乎要站到同一条战线上了。

"我觉得,就算他再重视主人,只是去杀害那个要挟她的人还姑且说得过去,怎么也不会疯狂到连一个实际毫无罪过的护士都要杀害吧。"

细川又接着说,但薮内不慌不忙地回应了。

"刚才我也说了,是女主人死后他才发疯的,恐怕最初那次杀人时,他的精神就在逐渐崩溃。她的死让薮井连活下去的希望都丧失了,他的信念中只有复仇两个字。而且从样片也能看出来,在大柳导演的演绎中,从薮井平静的外表下可以窥见一种疯狂的气息,大家不这么认为吗?"

好几个人点头表示赞同,细川也终于不说话了。薮内想出的剧本似乎没什么漏洞。

久本像是怕有人要多说废话,赶紧开口道:"我知道了。

我觉得这个剧本能完美解释好几个谜团。这样一来，我们知道细野医生、鹭沼五十铃、老人薮井三人都有可能是凶手，但——"

"稍、稍等一下。"

久本用近乎怨恨的目光盯住了刚刚出声的西田。

"不会吧，连你也想说自己是凶手吗？"

久本虽然嘴上这么说，表情上却已经释然了。

西田露出天真无邪的笑容答道："当然，我就是凶手啊。不然这部电影怎么能有趣呀？"

2

"虽然我没读过那么多推理小说，但我知道推理的基本原则。最不像凶手的家伙就是凶手，是这样吧？所以就是我了。因为一般说来，我才是绝对不可能犯罪的人。"

他说的是，因为不可能所以才是他自己，这个逻辑相当荒谬，但从戏剧角度来看却是很正确的见解。而且他的话语中有充分的自信，或许他已经想到了什么诡计。

久本重重叹了口气，说："确实如此，凶手肯定越意外越好。但从惨叫响起，到辰巳从房间飞奔出来这十秒左右的时间里，你要先从林护士的房间出来，锁上房门，再返回到自己的房门前，这怎么也做不到吧？而且贵雄没钥匙，也没机会像细野医生那样把找到的钥匙塞回尸体手里。钥匙怎么办呢？"

西田微笑着，像是说就等你问这个呢。

"这里当然要用到诡计了。我想到的可不是绳套、钥匙这些拙劣的诡计。我想出了一个非常棒的密室诡计，很有可能是迄今为止连小说里也没出现过的诡计呢。"

虽然心里想怎么可能，但他说话时表情太自信了，让我也非常期待。

"新的密室诡计？无论你的诡计多厉害，不和前半部分的内容吻合也不行哟。"细川满脸怀疑地插嘴。

"吻合——还是不吻合，这我不知道，但是有线索。你们看，我房间的小道具里有一个聚会时用的玩具，气球版的俄罗斯轮盘赌，是吧？"

我记得那个道具。在辰巳去贵雄房间的片段中，那个玩具一晃而过，但不知为何印象深刻。贵雄是因为伯母病情恶化才被叫到别墅里，他带了一些塑胶模型和杂七杂八的东西过来，表姐五十铃一直当他是小孩子。

"我就是用的那个气球啊。"

他像是在用目光询问我们"明白了吗"。

气球？用气球杀人？这种诡计像在哪里听过，这次究竟又是怎么用的呢？我完全想不到。用气球把人撞下去之类的做法应该不可能，而且也没法用气球把门锁上吧。

"鹭沼家用的是那种老式门锁，锁上有钥匙孔，对吧？贵雄从那里把气球塞进去，只把气球嘴露出来，然后再把气球吹起来了啊。"

"哦……然后呢？"久本一脸佩服的表情，催促他继续说下去。

西田很开心地继续道："贵雄事先在那个气球上啊，用荧光涂料画了个恶魔头像之类的图案。气球吹起来之后，就敲门把林护士叫醒。她睡眼惺忪地从房门的钥匙孔一看，只见一张可怕的脸浮现在黑暗中。她吓坏啦，然后惨叫着想从窗户逃到外面，结果摔下去了——怎么样，很棒的诡计吧？"

众人沉默不语，无人回答。大家相互对视，发现其他人脸上也是相同的表情——困惑。

西田的笑容有些僵硬，加快语速继续说道："听好了啊，这个方法的最大好处就是，吹起来的气球只要用针刺破就马上能从钥匙孔里拽出来。等她摔下去后，贵雄把气球拽出来，跑回自己房门前就行了。这样也花不了多少时间，赶在辰已从房间跑出来之前也来得及。"

久本干咳两三声，开口道："啊，我想稍微确认一下，是这么回事吧——林护士看到一个画着鬼脸的气球，吓得从窗口掉下去了。就这些？"

西田一脸受伤的表情订正道："不只是鬼脸啊，还使用了荧光涂料，这才是重点。"

"啊，啊，是这样啊。用荧光涂料画的鬼脸，是吧？看到荧光涂料画的鬼脸,吓得掉下去了,是这个意思吧?"

"是哦。"

细川第一个笑出声来。

"这可真厉害,简直无与伦比啊。哈哈哈哈……还以为是像卡尔的密室诡计那样傻里傻气的手段,谁知比那还蠢。浮现在黑暗中用荧光涂料画的恶魔?这要是真相就好啦。真这样的话,这片子肯定能成为一部特别棒的喜剧片。"

听他说完,所有人都窃笑起来。西田的嘴撇成了へ字形。

"都别笑啦!我是认真的。"

"你说不笑也不行啊,只要一想象……呵呵呵……就控制不住啊。气、气球啊……哈哈……从钥匙孔那里呼地吹起来,鬼脸就凭空出现了?这个真没法不笑啊——"

久本抱着脑袋,片刻之后叹了口气,抬起头来询问西田:"西田,按照你的说法,贵雄是想捉弄她,是吧?就像是要稍微吓唬她一下,是这样吗?"

"不是。是想到有可能把她吓得摔下去,才制订的计划。但是当然啦,要是没把她吓得跳楼,就说是在捉弄她就好。其实我想的剧本是这样的,被指认为凶手之后,贵雄就坚称自己在开玩笑。所有人都相信了他。到了影片最后,拍摄贵雄抿嘴一笑的镜头,告诉观众其实他就是有预谋的犯罪。"

与其叫侦探电影,倒不如用 Enfant Terrible——"恐怖小孩"来命名更合适。反过来说,要是那种类型的影片,西田所想的那种有概率性的诡计或许也行得通，但它不太适用于这部《侦探电影》。

"怎么说呢，姑且先把那个密室诡计放一放，你考虑过动机吗？"

对于久本的疑问，西田耸耸肩回答道："因为讨厌她吧。她本来不就是个让人讨厌的女人吗……啊，对不起，我不是说森女士哦——"

"这我知道。你继续说。"

森美树面无表情地点头。

"感谢理解——当然，也不只是这点。原本贵雄肯定就无法区分善恶，怎么说呢……道德观，好像也不是……"

"伦理观？"

细川出来解围，西田用手指着他，点头道："就是这个！贵雄就是那种欠缺伦理观的孩子。对身边人那种漠然的态度也不正常吗？近距离看到伯母的死，对他也有些影响吧。"

这不更像"恐怖小孩"的套路了吗？我在心中念道。真要这么拍，要是能做到前后一致或许也挺好。

久本在笔记本上写了一会儿，叹了口气，再次开口说道："我知道了。说到最后，就是有各种可能性，对吧？细野医生、五十铃、薮井，还有贵雄——每段推理都有一些难点，但让其中的任何一个人当凶手，剧情都能成立。反过来说，没有关键证据去表明凶手就是某个人，无论谁演凶手，也不会带来太大的震撼效果——"

"请稍等一下。您刚才是说所有的可能性吧。"

打断久本的是冷眼旁观的林护士——不是,是森美树小姐。

"嗯,然后呢?"久本有些焦躁地反问道。

"怎么回事呢?明明是最重要的可能性,却谁都没有提到过呢!"

"最重要的可能性……是?"

"最重要,而且是最大的可能性——林护士是自杀的。这不才是正常的考虑吗,因为房间就是个密室啊。"

没有任何人接话。片刻之后,细川终于开口了。

"哎,要是在现实中当然没错啊。这可是娱乐电影啊?大家都是来看凶手如何杀人的。因为是密室,看上去虽然像自杀,但其实却是谋杀。观众要看的不就是这个吗?无论有多高的可能性,自杀一说是万万不可取的。"

美玲、薮内,还有许多工作人员也重重点头。

"这个我当然知道。没有谋杀,其实只是自杀的话,就没什么好演的了——但是案件不止一个啊。还有一个失踪案和一个看似自杀的死亡案。如果这些都是林护士策划的谋杀,不就很有看头了吗?"

细川像是感觉不太舒服,来回扭动腰部。

"杀人?动机到底是什么呢?她为什么要自杀?"

"我是这么想的。自由作家所追查的失踪人员正是林护士之前的恋人——那个男人有妻儿，换句话说就是他出轨了。林护士去城区时应该也是去和他私会吧。对方承诺会离婚后和她结婚，她相信了，一直在等他，但男人却提出要分手，她一怒之下杀死了他。这或许是在城里开车途中发生的事情。她把车和尸体藏在附近，惶惶不可终日。但这件事却被鹭沼润子发觉，林护士不得不下手杀了她，并将这起谋杀伪装成了自杀。"

在她的讲述中，比起杀人，出轨相关的戏份似乎更重。刚才她对"和细野医生有关系"一说持坚决反对的态度，说"她不是那种女人"，看来也并非真心反对啊。

"那她为什么要自杀？"

对于细川的质疑，她间不容发地回答道："当然是无法承受罪恶感了。还有个原因就是，辰已这个男人为了寻求真相，竟然真找到了这里，让她觉得无处可逃。他刚巧赶在林护士犯下第二桩杀人案后登场，这当然会让她觉得自己被追查到了，才想自杀一了百了。"

"可是……穿一身睡衣跳下来，可不像一般女性自杀的方式啊？而且，连遗书也没有。"

"是冲动自杀。如果您说没有遗书比较奇怪，我觉得也可以拍成在搜查房间时发现了遗书啊。"

久本打断了还要继续争论的二人，说道："我知道了，我知道了。请二位不要在这里争论了。总之，自杀一说也有可能，会考虑。所有提议都需要再重新思考一下，之后才能得出结论。这样可以吧？"

久本来回看了看在场的众人。

3

如此，第一次"猜凶手讨论会"在尚未得出结论的状况下散会了。大家都被留了作业，到明天，每个人都要给出自己的意见。我虽然理解这不是讨论一下就能简单解决的问题，但这也太混乱了，怎么也不可能靠这些个讨论拍完电影。我们心中的不安比开会前更强烈了。

我本想抓住美奈子跟她聊几句，但在收拾折叠椅时她就悄悄地走了。若是平时，她都会帮我收拾，看来是下定决心躲着我了。

我正收拾东西准备回家时，水野叫住我。

"立原，你也去喝酒吧？"

现在才傍晚，好像有几个人要去喝酒。

"不了，今天不去了。"我顺口回答道。要是对方强行邀请，我可能就去了，但水野没有再三邀请我。我独自走到车站，乘电车回家。

在拍摄期间，我回公寓几乎只是睡觉，六点这么早地回去，房间莫名更显清冷了。实际上室内跟户外也差不多一个温度，我马上打开电暖炉，钻进被炉，披上棉服。估计其他人现在正在唱 K 呢吧。

打开电视，换了好几个频道，但对哪个都提不起兴趣。中间关了一次，结果发现还是开着电视更暖和，就又打开了。

我怒气渐起，最后决定打个电话。

"喂，我是永末。"

是美奈子接的电话。

"我是立原。"

我报上姓名。

有时我会这么想，电话线其实不是电线，而是那种像塑料软管一样的东西。就算离得很远，我也能感觉到电话两头的人是在呼吸着相同的空气。此时也一样。令人窘迫的沉默似乎顺着电话听筒流淌到了我的房间。不知为何，我能清楚地知道，她的心情也和我一样痛苦。

"什么事？"她用细微得快要听不到的声音问道。

"希望你能解释一下。"

听到这句话她应该就能理解了，但她在装傻。

"什么事呢？"

"你明明知道……我做错了什么？是说了什么话得罪你了吗？"

再次沉默。

我无法忍受这似乎将永远持续下去的沉默,继续说道:"去找导演并不是我的主意,我甚至都去跟首席说不要再找了。要是你因为那件事生我的气——"

"我没有生你的气。我为什么要生你的气呢?"

"可实际上你就是在躲着我呀。"

"没有躲着你啊。"

她说得有点迟疑。这是撒谎。但我觉得就算追究这点她也不会承认。她应该就是什么都不想跟我说吧。

"真的吗?你没有生我的气吗?"

"立原你又没做错任何事。"

感觉她好像有所顾虑,但又不知道为什么。

她有点急躁地继续说道:"你就因为这个特意打电话来的?我马上要吃饭了,没有其他事我就挂了。"

"嗯,倒是没有其他事……"

"哦。那……抱歉了。"

只有最后这句话是我所了解的美奈子会说的话。我甚至觉得之前电话是不是串线了,听起来判若两人。

我后悔打这个电话了,故意用力地叹了口气,开始考虑工作的事情。

来找凶手吧。

首先从梳理案情的角度,我先试着把林护士被杀的全部可能性都写在笔记本上。

细野医生是凶手的情况

时间上最充裕，他应该是观众最先怀疑到的人。缺少意外性。也感觉"为了掩盖用药失误致死"这点从剧情来讲不太好看，但动机仍有改良的空间。演员的演技没问题。

鹭沼五十铃是凶手的情况

如果她是凶手，就必须重拍浴场的片段。实际上倘若美玲赤身裸体去作案，那画面应该挺有意思……

我写到这里，有了些多余的想象。美玲虽然看起来瘦，或许实际上挺有——

思绪回归到梳理上。

……演员的演技也是可以胜任的。

老人薮井是凶手的情况

时间上很紧迫，考虑到钥匙，从可能性上来讲最大，但意外性很小。而且，如今从动机来看最有戏剧性。演员的演技也很好，完全可以胜任，连那种阴森森的感觉都值得期待。

接下来想写西田的情况,不小心写成了他的艺名"西田贵弘"。剧中人名是西山贵雄。

西山贵雄是凶手的情况

　　密室诡计说厉害也挺厉害,但无论如何也无法掩盖它的荒谬。就算极少数人喜欢这种荒谬,大多数观众肯定还是会发怒吧。不能照他的想法拍。但是把气球放进钥匙孔这个做法或许能延伸出其他想法。
　　演员的演技——如今导演不在——可能有些勉强。

本想就此结束,但还是决定全部写出来。

林护士自杀一说

　　大肆宣扬密室凶杀,其实却是死者跳楼自杀,这当然会让观众扫兴。但最初鹭沼润子的自杀其实是场谋杀,而看上去的谋杀只是自杀,这个结构本身或许很有趣。和失踪男人有染这部分未免有些牵强,但要说辰巳是注意到他俩的关系才来的鹭沼家,这想法倒也顺理成章。
　　若是这种情况,那就不用拍凶手自白的场景,只有犯罪情景再现,对演技没什么考验。

到此为止，我已经总结了所有单独犯罪和自杀的情况。我还想考虑共同犯罪的所有可能性，但嫌疑人一共有四个，两人共犯的话有六种组合方式，三人共犯的话有四种，四人共犯的话有一种，总共有十一种组合。我只选结尾有可能说得通的写了出来。

五十铃和贵雄是共犯

　　二人关系很好，动机也有很多。一方帮助另一方也可以，动机一致也可以。比如，鹭沼润子留下的遗嘱是将全部财产捐献，然后把遗嘱交由林护士保管……

这里我想到个挺有意思的可能性。辰巳听到的惨叫声如果是五十铃在叫呢？当然，其实那声惨叫应该是森美树，也就是林护士发出的，但观众是无法分辨的。

　　……二人是共犯的话，贵雄先杀死林护士，找个方法锁上房门然后回到自己的房间。五十铃算好时间，朝浴场的窗外发出一声惨叫就可以了。

五十铃和薮井是共犯

　　和共犯是贵雄时一样，惨叫声其实是五十铃发出的话，薮井要实施犯罪也更简单。只是共同的动机不太好找。

这么一来我也注意到了，惨叫声是女人发出，而且凶手是女人画面也会更好看，这些都对美玲很有利。

五十铃与细野共犯的可能性姑且省略。

细野和薮井是共犯

他们看似关系很不好，两人联手或许会很有意外性。但可取之处也仅此而已。

五十铃、贵雄、细野和薮井四人共犯

这个模式中，只有辰巳这个外人被蒙在鼓里。作品中也通过辰巳暗示过这点。无论是谁下的手，他们所有人都在掩盖鹭沼润子的自杀，所以倘若有动机，所有人在串通后杀害了护士也不奇怪。总之已经有了一部将全员都写成凶手的名作，那部作品太有名，所以还没有其他类似的作品。搞好了或许能吓人一跳，但很难让人钦佩。

我又快速浏览了一遍笔记，确信所有的可能性都写在这里了。但究竟选哪个呢？哪个最有意思呢？哪个最让人震惊呢？前后匹配度呢？

我觉得没有哪个想法能满足所有条件。电炉上水壶里的水已经烧开了，我决定冲一杯咖啡。为了不用总出被炉，我把所有冲咖啡用的东西都预备好放在身边了。我边小口喝速溶咖啡,边回过头来读剧本,头脑中浮现出样片中的画面……

4

"电话打不通吗?"细野医生回过头,用质问的语气问薮井。

"是的。或许是辰巳先生遇到的那场山体滑坡造成的。"

聚集到会客厅的人们脸上都显露出不安。他们故意不去看的、背后的沙发上,横躺着林护士浑身是泥的尸体,她那湿透的头发上不停滴落的泥水将地毯上的长绒毛弄得一团糟。

"我这就开车去山脚的警务执勤处。"

听了薮井的话,辰巳大幅度地摆动右手说:"不行不行。刚才不是说了,车辆没法通行,走路也走不过去吧——要是还有其他通往山下的路那另说。"

"没有其他路。"看似之前都没在听他们说话的鹭沼五十铃插嘴道。她还穿着从浴场出来时的那身粉色睡袍,头上包裹着毛巾,坐在离尸体较远的沙发上。

"怎么回事啊!偏偏这个时候哪里都联络不上了——"细野咕哝着。

辰巳皱眉像是在思考,他插嘴道:"不,凶手或许等的就是这个机会。他知道山体滑坡会造成道路不通,才决定实施犯罪的。"

细野似乎吓了一跳,反问道:"为什么呢?"

"可能是报警迟一些的话就有机会逃跑了。就算没法逃下山,也能爬到山上去。"

细野像是难以理解般反复摇头。

"可所有人都还在这里啊。谁都没想逃跑。"

"所有人?你说所有人?"辰巳敏锐地反问道。

细野慌忙补充:"啊,不是。夫人当然另说……"

辰巳的目光中显露出怀疑之色,环视鹭沼家的众人。鹭沼润子的外甥贵雄似乎无法忍受辰巳的目光,低头向下看去。五十铃似乎不想看到任何人,把目光定格在窗外的黑暗中。薮井坦然地迎接辰巳探究的视线,没有任何反应。细野的眼中浮现出同情的神色,俯视着自己刚刚检查过的尸体。

辰巳似乎不想漏掉他们的任何反应,一边将视线投向左右,一边慢悠悠地开口:"这件事情,肯定也要告知夫人吧?"

"当然。但是我觉得尽可能别让她受到打击。这件事交给我吧。"细野重重点头说道。

"我想,如果可以的话,有必要让所有人都集合一下。"

辰巳说完,所有人都注视着他。

"您是说也包括夫人吗?没有那个必要吧。"

"这个房子里可是发生了命案啊!凶手就在我们中间。警察没法马上过来,我们有必要尽快采取措施。"

细野对他的话一笑置之。

"您打算干什么呢？我们能做的，也只有这么互相监视吧。"

"就算是这样，那犯罪嫌疑人中也应该有鹭沼润子女士吧？要是她因病没法下床，换我们去她房间就好。"

辰巳撂下这句话就想走出会客厅，但站在门口的老人薮井纹丝不动。

"夫人已经说过了谁都不见。"

辰巳咂嘴，语气也激动起来。

"又说这个！有人被杀了啊。这个借口说不通吧！"

辰巳正想推开薮井走出去，细野从身后叫住了他。

"等等！她跟这案子又没关系。应该说的我会一字不落地告知。这总行了吧？"

辰巳回过头，环顾细野他们。

"你们为什么要如此煞费苦心，不让我见她呢？之前虽然没说，但我看见了。"

五十铃"啊"地捂住嘴巴。

细野一副受到打击的表情，结结巴巴地问道："你、你是说看见她了？"

"不是——我看见薮井锁上了她的房门，从外面锁上的。从外面上锁不是很奇怪吗？"

"夫人几乎不下床出门，我向来都是这么锁的。"

"哦……也是因为有我这个外人在吧？就算不让我去，我也有可能自行闯进她的房间。你是这么想的吧？我之前想过了。你们那么不愿意让我进入她的房间，理由又是什么？"

辰巳话语一顿，像是在等着众人的反应，但没有任何人说话。

辰巳又深吸一口气，像是揭发般大声说道："难道说，鹭沼润子根本就不在这里？"

"不在这里……到底是什么意思？这就是她家。你是想否认这一点吗？"细野医生脸色苍白，语气激动地说。

辰巳摇头。

"不是。我说的是，鹭沼润子现在也许就没在那个卧室里。"

"真是荒谬！"五十铃厌恶地说，站起身来，"我们为什么要在这件事上骗你呢？要是她没在，肯定就会说不在啊。"

"她说得对。你就别胡思乱想了。"细野用命令般的语气说。

"我说得真的很荒谬吗？要是鹭沼润子真在那个房间，至少该有点动静。看上去这所房子也不新了，她要是在那个房间，多少有点动静才正常吧？"

"她这段时间几乎都躺在床上，没什么动静也是理所当然——你到底想说什么呢？她在没在房间，跟这个案件，不是半点关系都没有吗？"细野扫了一眼尸体，发怒般说道。

"当然有关系了。她要是真在房间,惨叫声就发生在隔壁,她不可能听不到。她要是听到了,当然就会走出房间,或是叫人来询问发生了什么事。她为什么没这么做呢?"

"我也没听到惨叫声。她或许睡得很熟吧。"

"要是这样的话,不是更应该把她叫起来,跟她讲一下命案的事情吗?"

细野似乎无法压制住焦躁地叫道:"不是说了她病着吗?你怎么听不懂呢。反正也联络不到警察,着急也没用啊。"

辰巳轻轻耸肩说:"嗯,或许也是——但无论如何我还是觉得,你们一定有所隐瞒吧。"

5

听到一直开着的电视中传出慌乱的声音,我从剧本上忽地抬起头。

是酒店火灾的新闻。好像是家位于银座的酒店,建筑有十几层,火灾发生在六层,多亏灭火迅速,画面里可以看到只剩白色的烟了。疏散客人时也没有发生混乱,有几个人正在接受采访。

"那个是叫楼内广播吧,因为有那个……啊?嗯,没有恐慌。大家都很冷静。"一个上班族打扮的中年男子说道。他的上衣还大敞着,一支一次性牙刷从他上衣腰部的兜里探出头来。真不知道他刚才是太冷静了，还是太混乱了。

总之也不是什么大事，我这么想着，目光刚要放下时，画面中某个东西引起了我的注意。正在接受采访的男子背后有好几个人，看上去都是这家酒店的客人。其中有个人好像是注意到电视摄像机正对着他的方向，便用其他人当挡箭牌，偷偷摸摸地逃走了。

那人的面孔虽然一闪而过，但仅背影和走路姿势这两样对我来说已经足够了。

小脑袋，虽然没秃但能看到头皮的稀疏蓬乱的头发。熊一般的后背。棒球手套般的大手（打人巴掌时很痛）。又短又粗的腿。大猩猩般的走路姿势。没错，正是大柳·SOB (son of a bitch) · 登志藏。

我把电话拉到近旁。我想的是必须要给人打电话，却不知打给谁。久本和其他高层去喝酒了，可能还没到家。水野也是。美奈子刚才说要吃饭，所以应该还在自己家，但她应该不会帮忙吧。

给那家酒店打电话试试呢？不行。正赶在火灾忙乱时打去电话，到底想让人家怎么做呢？

警察？能不能撒个小谎，让警察把他抓住呢？

"之前抢我包的男人，刚巧被电视拍到了。"这么说如何？是否犯法呢？我摇摇头站起来。最好还是自己去。从这里到银座要花一个多小时，但导演一时半会儿也动不了。要是他的行李还留在房间里，他就必须在那里等到能回房间才能取行李，而且警察应该还要做调查，不会那么轻易放他离开。如果他用假名这件事败露，被怀疑纵火，警察更不会轻易把他放出来。事到如今也只能赌一把了。

我关上电炉和被炉，穿上羽绒服，兜里的钱包还在，除此之外什么都没带就飞奔出公寓。飞身跳上自行车才发现自己忘戴手套了，心想着很快就到车站，忍着冻就蹬车飞驰起来。

五分钟后到达车站时，我的手已经冻僵，连硬币都拿不住了。一想到这一切都是拜那个傻导演所赐，我又气得要死。

乘私铁到新宿大概三十分钟，之后还要坐二十分钟地铁。当我来到发生火灾的酒店时已经八点了。没有消防车，但停着好几辆警车，还有看热闹的人在。

我提心吊胆地想从酒店门口进入。

"喂，说你呢。你去哪儿？"

一位年近四十、一身警服的警官叫住了我。就算我看上去再不像个正经人，他也不能突然这么对我"喂喂"的啊。我心里很恼火，却笑呵呵地对答如流。

"啊，有个熟人住在这里，我有点担心。"

也不都是撒谎，但我觉得这么下去，我早晚要变成谎话精。

"幸亏没人受伤。不用担心。"

"啊……可是您看,我来都来了,就想和他见一面——不可以吗?"

警官一副不情不愿的表情,还是放我进去了。大堂里有许多确实出于担心才赶来的旅客家属及住宿的客人。我在人群中寻找导演的身影,没能发现他。

我边朝前台走,边从钱包里取出导演的照片。之前找导演时,照片一直就放在里面。

"不好意思。这个人应该住在这里吧?"

我还以为全世界的酒店前台都很瘦,但这位却例外。身高跟我差不多,体重估摸得有八十公斤吧。

"他的名字是?"胖前台问道。

"牧野雅裕……应该是这个……"

前台翻了一下住宿登记表,片刻后摇头说:"这位先生没住在这里哦。"

"他也许是用假名——不,也许用的是别的名字,比如沟口健二什么的……总之就是照片上这个人。他是住在这里吧?"

前台瞥了照片一眼,接着将我从上到下细细打量一番。我刚想着要不行还得拿出之前瞎编的那套说辞来,他却干脆地回答道:"是的,他是住在这里的。这位先生说他的名字是……山中贞雄。"

这样啊,山中贞雄啊。原来是这么个套路。他和牧野雅裕不是同一家影视公司的吗?不过现在可不是佩服这点的时候。

"那，现在他人呢？"

"虽然火没烧起来。但着火了就是我们的责任，所以我们没有收那些想去别处的客人的房费，介绍他们去其他酒店了。"他昂首挺胸地说，似乎是想表达他们该做的事都做了。

"啊，那导演……山中先生去了其他酒店？"

如果他去了这边介绍的酒店，或许还能在那里抓住他。

"是的。这位先生说他自己找，他刚出门您就进来了，几乎就同时呢。"

这种事为什么不早说啊！我心中大喊，但表面上还是微笑道谢，之后飞奔出酒店。刚才那个警官用怀疑的目光看我。我不太想跟他搭话，但此时也别无他法。

"不好意思，这个人出来了，您看到他了吗？"我给他看了照片，低声下气地问。

"嗯？什么……嗯，啊啊，看到了看到了。看到了啊。"

还有希望！

"他打了一辆出租车。"警官沉默地指着京桥方向。

仅凭这个根本没线索。我诚惶诚恐地继续追问："您听到他说要去哪儿了吗？"

"那怎么可能听得到啊！我可不是什么爱听闲话的三姑六婆！"

三姑六婆这个词好像用得不太合适，但我觉得此时专门指出来也不是上策。

"谢、谢谢您了。"

虽然并不想谢,我还是说了谢谢,然后飞快离开了这里。全身力气用尽,连走到地铁站都费老劲了。这可不是森田芳光的电影,但我觉得,要是大喊一声"混账"一切就能变得顺利了该有多好啊!

肚子饿得直叫。我才想起晚饭还没吃,更觉得自己惨了。饭都没吃,花了一个多小时大老远跑来银座却一无所获。我到底在做什么啊。

此时,我想到了仅有的一件好事,幽暗的内心稍微放晴了些。

我想起来的是,银座有家店的可乐饼很好吃。

第六章　完成剧本

1

虽然不太好意思跟人汇报"一无所获",但我觉得至少要告诉久本,就给他讲了这件事的始末。

"他是发觉自己被电视台拍到了,所以才逃走的啊——唉,这不怪你。"

久本一点也没生气。他早就对导演不抱什么指望了吧。或许他还觉得导演回不来更好呢。

久本的话中有什么让我很在意,但我也搞不清那究竟是什么。我总觉得错过了某个重大事项。发觉自己被电视台拍到?这句话没什么奇怪的。不就是这样吗?或许是精神作用吧。应该调整思路,把心思放在当前的问题上。昨天着急忙慌的,最终也没得出个人的结论。今天开会时无论如何也得让自己的观点站住脚。

可那种忘了大事的感觉,直到开会时也没有消失。

2

"昨天都是演员在发言,所以今天我想先以工作人员为主,听听大家的意见……那就先从副导演组开始——老三!"

我也许是最容易被发号施令的人,他突然就叫到我了。

"呃,我,吗……那个,啊。"

我边拖延着时间,边翻开昨天多少梳理过的笔记。

"嗯,昨天应该是探讨了所有单独犯罪的可能性。我觉得每个都有其相应的合理性,但反过来说每个都缺少震撼。"

众人都"嗯嗯"地点头。演员们一脸不爽地瞪着我。

我慌忙把目光收回到笔记本上,继续说道:"然后,我也试着考虑了共犯的情况——我觉得贵雄和五十铃是共犯的话,会包含一些有趣的可能性。倘若辰已听到的那声惨叫,其实是五十铃故意发出的呢?贵雄杀害林护士之后,五十铃推测他回到了房间,再从浴场的窗户那里喊叫。就算人出不去,声音也是可以传到外面的。"

西田和美玲稍稍往前探身,点头说:"很棒啊,这个!很棒啊!""真的很好啊。"

两人就像姐弟聊天那般亲密。不出所料,细川发难了。

"哪里好了!那就是林护士的惨叫声,不是五十铃的声音。"

"哎呀,细川,凭那一声你就能听出是森女士的吗?女人的惨叫声根本没法分清楚嘛。"

美玲强硬起来，但细川也没那么容易认同。

"这不是听不听得出来的问题吧？那叫声根本不是五十铃——你发出的，在场所有人都知道啊。要是加上的结局违背了这个事实，那可没得商量。"

虽然我也并非特别中意这个剧本，但作为提议者，姑且还是要站在拥护的立场上。

"请稍等。贵雄和五十铃是共犯——我也并不觉得这会是导演所考虑的结尾。细川先生说得没错，那其实是森女士的惨叫，导演应该没在这里设置诡计。可我昨天也说了，我认为咱们应该做的是从众多可能性中选出最有意思的。那声惨叫就算说是五十铃的也不奇怪。若是这样，为了咱们的结尾，就算把那声惨叫当成五十铃的叫声，又有什么关系呢？"

细川绷着脸说："可是……不是有声纹吗？声音中存在绝不会发生变化的与生俱来的特质，对吧？"

"好像是有的，但那需要设备才能分辨出来呢。我觉得观众不会带着那种东西来看电影，然后说'那声惨叫不是五十铃的，不公平'之类的。"

细川也终于认输了。

"知道了。倘若贵雄和五十铃共犯的剧情最有意思，惨叫的事我也可以让步。听好了，要最有意思才行哦。"

"嗯，我知道。我也不是说这就是最好的——我还想了一个比较有意思的,就是除了辰巳以外,所有人都是共犯。但当然,真正作案的只有一人就够了。"

对于全员共犯的剧本,演员们对表现手法都挺期待,但听完后每个人的反应都不一样。

细川语气强硬地反对。

"全员共犯的话,不就没意义了吗?又不是必须全员才能实施的犯罪,这种应该就是单独犯罪吧。"

薮内的意见也相同,沉默着点头。

西田似乎很喜欢这个设想。

"我觉得很好啊,还是感觉这样更符合剧情发展。"

"还可以吧。"美玲说。

"嗯,也挺好啊。"莲见说,语气就像事不关己一般。

我刚想着形势不利啊,细川又噘起嘴说:"哪里好了啊——就算所有人有个共同的秘密,问题也只在于实施犯罪的人吧?如果实施犯罪的只有一人,那不还是单独犯罪吗?最终谁去实施呢?不同的人去实施,结局不是也会完全不一样嘛。"

我没想这么深,只是隐隐觉得全员共犯或许挺有意思的。

我刚想开口,却被久本打断了。"先这样。下一个,老二须藤。"他指着须藤说。

须藤似乎已经预料到了,他也跟我一样,把笔记本摆在面前,竭力不去看众人,低头说道:"我、我觉得让薮井当凶手更好。对主人的爱情,这个动机也会让人哭出来呢。"

对须藤而言,好电影就是"让人哭的电影","哭不出来"的就不是好影片。然而他本人说自己并不喜欢催泪电影,而是既喜欢喜剧也喜欢动作片。他主张无论什么类型,看真正的好影片时是会哭出来的。但我发现,问须藤喜欢什么电影时,他的回答大多还是那种催泪的片子,都是些关于小孩子的(《舐犊情深》),关于生病的(《爱情故事》),还有关于小孩子生病(《父子泪》)的电影。

须藤说完,各部门主管和助手们也都阐述了各自的见解,但都只是从昨天的可能性中选择了一种,并没有新的观点。花了大约三十分钟时间,大家都说了意见,但意见很分散,根本就达不成共识。有人说女人(也就是五十铃)当凶手更好,也有人说医生当凶手更好。

"这么下去没法统一意见,只能靠投票的方法决定了。"

对于久本的话,演员们持反对意见,连与其他人相比形势略胜一筹的薮内都一副"这绝对不行"的表情。

细川作为代表发言道:"要在现在这个阶段就挑选出一个方案,我觉得太操之过急了。你们觉得呢?留几个候补,再充分探讨一下如何?同步写出多个剧本也未尝不可,到那时再决定选哪一个也为时不晚啊。"

"同步写多个剧本,您说得倒是容易,能写剧本的人可没那么多——"久本说。

"那是当然。给剧本做最终修改润色的工作交给首席和有经验的人来做就好。但像故事情节这种程度的文章，我们其实也能写的。"此时，细川像是想到了一个好主意，拍手道，"对了！我们来个剧本大赛如何？全员……当然是自愿哈，撰写剧本结尾，从中选出最好的，然后再交由首席修改润色，完成最终的剧本，如何？这样负担不是也能减轻吗？"

"剧本大赛？可是，有时间搞这个嘛——"

"正因为没时间了，才更要举行比赛。一周，有一周时间就够了。之前的影片已经拍好了九十六分钟，对吧？剩余部分最多二十分钟。要是剧本能如期完成，拍摄花不了多长时间。剧本才是真正要花时间的呢。"

我觉得细川的提议很对。背景已经搭好，工作人员和演员都已经充分投入这部作品中了。只要有明确的计划，拍摄本身应该能一气呵成。但细川说至多二十分钟，我估算的时间比这更少。大柳导演的每部作品时长都是一百分钟左右。

久本与身旁的须藤、摄影总监玉置交谈了片刻，似乎在商量预计的拍摄时间。不久，久本开口了。

"细川先生说的应该是个好办法。首映日大家都知道，是明年一月十五日。考虑到后期要添加效果音和背景音乐，最迟到下个月，也就是十二月中旬，我们就必须拍完。一定要避开年末和年初。倒推的话，最晚也得在下月初开拍，所以大赛的截止时间就到这月底，正好一周时间——不，六天吧。

怎么样,细川先生?您能在这个月内写完剧本吗?"

"对我来说足够了。"细川自信地挺起胸,环视其他演员。

"有人有不同意见吗?"久本问道。

薮内静静地举手。

"我有一个问题,这个剧本大赛,不是通过对台词和场景的评价来决定好坏的吧?这种情况下,最重要的还是故事情节——"

久本一副了然的表情,打断薮内的话,说道:"当然,虽然叫剧本,但写成什么体裁都无所谓的。比故事梗概多少丰富点就行,反正最终的详细台词几乎也都要重写的。就像薮内先生所说的,重点在于凶手、动机以及结局这一系列的故事要点。不会只凭台词写得好就做决定的,大家放心。"

薮内点头赞成。没有其他人提出异议。

久本又补充道:"当然,一个人写也可以,多人组队写也没问题。我会在与各部门主管商量的基础上决定选用哪个剧本——好,今天的会议到此为止。"

这又是一次搁置争议的处理,但或许也是没办法的事。因为没法确定谁是凶手,演员们全都主张自己是凶手。我们工作人员本应提出更多方案,却无法应对如此事态,处于没有发言权的状态之中。

细川——恐怕其他演员也会说要写剧本,我觉得这也挺好。他们一定会琢磨、推敲出最合适、最妥当的故事情节交上来。从中选个说得过去的故事，让久本修改成一部说得过去的剧本，最后再拍些说得过去的镜头，《侦探电影》的成片应该也不会那么惨不忍睹。节奏紧凑、悬念丛生的剧情至少也能持续九十六分钟，应该不会太难看。

我在心中再三重复这些，像是在劝自己。

——可究竟为什么，我会感觉如此难受呢？

3

因为会议有可能延长，我们像往常一样叫了外卖盒饭。虽然没觉得多美味，但不吃白不吃，我决定吃完再回家。高层和演员们看见盒饭就皱眉，大多数人都回家了。结果剩下的尽是些年轻人。

"美奈子还那样啊。"水野凑过来小声说，似乎对此挺开心，"快点去道歉和好啊。"

他那语气，就像知道事情原委一样。

"道歉？道什么歉？"我是真心在问他，却让他觉得我是在搪塞。

"虽然我不知道原因，但先道歉不就得了。对方好像也挺在意你的。"

我一边把米饭送进口中，一边悄悄偷看美奈子，心中暗暗期待她是不是正在往我这边看呢，结果她只是在低头吃盒饭。

"我之前跟她稍微打听了下你的事。"

我吃惊地看向水野的脸。

"什么啊。你打听什么了？"

"我就问她是不是和你吵架了。"

"然后呢？"

我还想装作毫不在意，但却忍不住了。

"她说了句'哪有啊'就搪塞过去了，但看上去很是心神不定。我觉得她现在正在苦恼要不要主动来找你道歉呢。她也想跟你和好。你们都是成年人了啊！要坦诚。"

我之前真不知道这家伙这么爱管闲事。

"那个，我说过好几遍了，什么和不和好的，我们根本就没吵架。是她单方面有误会、生气了，仅此而已。昨天我还给她打电话了。"

我打算跟他明说。

"嗯嗯。"水野边继续吃盒饭边附和。

"我问她为什么生气，结果啊——"

"嗯。"

"她却搪塞说，没有因为任何事而生气。"

水野咽下口中的米饭，反问道："啥啊，那你真不知道她生气的原因啊？"

"都说了不知道。所以我才说没吵架啊。就是从差点找到导演那时开始的,真是挺奇怪的。"

"那,你就没想到什么?"

我摇头。那之后我多次回想当天晚上发生的事,怎么都想不明白她的态度为什么突然转变。

水野低低"嗯"了一声,像是陷入了思考。

"女人心海底针啊……好,这事我会尽力帮你。女人嘛,交给我来搞定。"

他能说这种话真是让我意外。

"你说你懂女人?我有点怀疑。"

听我这话像是看不起他,他冷笑着看向远方说:"想来那是十四年前……看到雨中想从桥上纵身一跃的她,那个瞬间我第一次陷入了爱情。那是我水野晴之姗姗来迟的情窦初开啊。"

十四年前?纵身一跃?这是一场相当有戏剧性的初恋啊,我对水野刮目相看了。

"雨水打在身上,她被绝望摧残,但她的美正熠熠生辉!如今想来那或许也有黑白电影的灯光、化妆,还有当时胶片感光度的原因,但她真的非常棒!"

我目瞪口呆,送进口中的米饭从张开的嘴里一粒粒掉落。我慌忙闭上嘴,把米饭咽下肚。

"等等,你说的是电影啊。真服了……反正我早就知道会是这样。"

我叹了口气，马上就想到了一部有相同场景的电影——《凯旋门》，女演员当然是英格丽·褒曼了。水野那时还是个孩子，他肯定是在 NHK 的经典剧场之类的节目中看过。

"就算是电影也别小看我啊，那之后我谈过很多次恋爱呢。褒曼之后是松坂庆子——不，我也并没有忘记褒曼。但是褒曼不太适合彩色电影，我很清楚这点。听说《圣女贞德》是她最想演的电影，但我看了挺失望的。跟拍得好不好无关，怎么说呢，那个彩色电影的肤色真是——"

"总而言之，只要是女性主演的影片你都喜欢是吧？"

听我这么说，他好像有些受伤。

"你可别把我说的跟变态似的。"

"那除了女演员，你还跟谁谈过恋爱？"

水野先摆出一副思索的表情，之后回答："这个还真是，一次也没有过呢。"

他的说法太可笑，我们笑了一阵。我真应该找个更靠谱的人来商量这事啊。

这时，有个眼熟的男人自己推门进了办公室。是一个穿着套头毛衣，搭配手肘带补丁的灯芯绒外套，戴黑框眼镜的圆脸男人。我好像在哪里见过他，但一时想不起来。

"打扰了……请问大柳导演在哪里？"

我们慌忙互相对视，谁都不知如何是好。我离他最近，不得不先回答他。

"导演现在不在……您有什么事？"

男人笑眯眯地递出名片。

"这是鄙人的名片。"

我一看上面也没头衔，只写了名字"佐藤正纯"和联络方式。看到名字我终于想起来了，他是一位资深影评家，在电影拍摄期间经常不请自来地到剧组取材，所以在圈内挺有名。他涉猎范围很广，从文艺大作到色情电影应有尽有。

"啊，您是佐藤正纯先生吗？久仰大名。"

我不知该怎么办，边低头行礼，边故意大声说话，想让众人都知道这个人是谁。我感到身旁的水野一下僵住了。

"啊，是吗？承蒙关照。这就好说了。我听说《侦探电影》还没拍完，所以就想着一定要来拍摄现场看看。"

"那可不行！"我慌忙说。

"哈？"佐藤一脸讶异地窥探我的表情。

"啊，不是，您看，就是现在啊导演不在，我们也没法答复您呢……"

我回头望向并排坐在那里的人想求助，可除了美奈子和文员女孩，其他全是些小助理，他们只是点头表示我说得对。

"啊，这样啊——那我怎么才能联络到导演呢？当然，我也往他家里打过电话，但怎么也抓不到他。"

他边这么说边环视办公室。或许是错觉，他看上去也像是在怀疑什么。我拼命地想借口，不能说联络不到他，因为这不太可能。

我决定装傻到底。

"没抓到他……奇怪了。按说他现在应该在家呢。肯定是开了电话留言功能。他总这么干呢。这件事我会问他的，明天我给您答复。您看可以吗？"

"嗯，也可以啊。啊，名片上的电话是我的手机，您跟导演联系上就随时给我打电话。那个……请问您是？"

被人问道，我慌忙翻出名片，递到他手上。

"失礼了……我是第三副导演立原。请多关照。"

听说我是第三副导演，对方的态度也起了些变化。我对这种态度上的剧变习以为常，气都生不起来。

"哪里哪里，我才是……拍摄好像不太顺利吧？"

这家伙到底想说什么啊？赶紧走吧赶紧走吧。

我边在心中祈求边回答道："倒是没什么不顺利……"

佐藤似乎没有要走的意思，继续说道："但对大柳导演来说，花的时间够久了，对吧？我上个月和这个月都挺忙，本来都没时间来这里看拍摄了。后来听说还没杀青，就想着一定得来看看，但是给导演打电话也找不到人——啊，麻烦了。"

文员女孩端来一杯茶。明明没人让她上茶嘛，真是多管闲事。佐藤自己拉过一把空椅子坐下，怕烫嘴似的小口啜着茶水。

"其实啊，我也去片场看了，那边人跟我说导演最近好像去采景了，没在那边拍呢——他是在采景吗？"

莫名有种被警察问话的感觉。我要不要索性一咬牙全都交代了啊……

"对的，去采景了……"

"去哪儿了？近处吗？"

估计他是想说近的话他也去。此人以具有非比寻常的活力而闻名。听说只要是日本国内，无论哪里他都会跑过去。就算说冲绳也不放心。

"到处。但是，采景也基本结束了。"

导演没去采景这件事应该不会穿帮，但我觉得还是少说为好。

佐藤似乎察觉到我没打算告诉他细节，表情有点困惑。太冷淡似乎也不太好，我又想。不管怎么说也是知名影评家，得罪他可不好。导演轰他走那是导演愿意，我要是把他惹恼了可不好办。

"您和大柳导演熟吗？"

我刚一套他的话，他就高兴地说道："嗯，我们挺熟的，但还没机会在拍摄现场看到他。所以我才很期待……他那个人平时应该会吼人吧。"

"嗯，确实是，我们就经常被他吼呢。"

我强迫自己露出热情的笑容。佐藤把茶水喝光了——喝完就走吧，站起来！

"啊，果然。他那活力四射的样子啊……真想看看……你跟导演说一声，我会给他打电话的。他还跟我说有空再一起喝酒呢。"

"好的！"

总算要走了，这么一想，连话音里都透出了安心感。

佐藤像是突然想到什么，再次开口道："啊，对了对了，演员都是哪几位啊？我几乎没听到什么消息，只知道有细川，其他都完全不知道。"

这些能告诉他吗？他要是盯上了演员，就会发现如今没在拍摄。但他既然已经知道细川了，再多告诉他一两个人或许也没什么区别。

"舞台剧演员莲见光太郎扮演的是侦探，还有清原美玲也会出演。"

"哦，舞台剧演员。不认识啊。美玲我倒是知道……哦。无所谓啦，导演挑的人倒是错不了。"

这些废话到底要聊到什么时候啊。

"那就——"佐藤终于站起来了，"那就，帮我跟导演转达一下，感谢他的关照。"

他对众人稍稍点了下头，走了出去。门关上，在他的脚步声远去之前，我们谁都没作声。

水野长出一口气，像是刚才一直屏住呼吸似的。

"我还在想该怎么办才好呢。没想到你这家伙挺会骗人啊。"

"最近锻炼得比较多。"我回答道,但他好像没听出我的意思。

"可还是干脆拒绝他就好,说由于某些原因,这次的拍摄谢绝参观。"

我没想到这招。不知为何,我觉得擅自说这种话不太好。

"啊,是吗……可我们这些小兵也没有说服力啊。之后让久本先生他们打电话回绝他吧。"

水野的表情笼上一层阴霾。

"久本先生……啊,总之能说服佐藤就行。"

不安的波澜在房间中荡漾开来。要是没法说服佐藤呢,该怎么办?

我们的担忧真的成了现实。

4

我给久本家打电话,发现他还没回去,就拜托他太太帮忙传话,让他到家就回个电话。我们焦虑地等了三十分钟左右,对方终于回电话了。众人都在我旁边屏息静听。

"是我。怎么啦?"

我说了事情经过,边看名片边告诉他佐藤的联系方式。久本在电话那边狂躁地啧啧咂嘴。

"佐藤正纯——那个人妖似的家伙吗?那家伙很难缠啊。

算了，这件事我会解决。"

久本这么回答后挂断了电话，但事情似乎没那么简单。快下班时，他又打电话来了。

"是我。久本。"

"您有什么事？"

"那个佐藤啊，他坚持要跟导演说话。你觉得怎么办才好啊？"

问我也没辙啊。

"这我也不知道。要是能跟导演说上话，也不至于费这么多力气。"

"确实是……"

我叹了口气。

"我们就别理他了怎么样？他也不是头条记者，只是个评论家而已。就说导演很忙之类的如何？过段时间他就放弃了。"

"或许吧……真这么容易就好了……"

与往常不同，他没什么底气。他说"那家伙很难缠"，想必之前也发生过这种事——当然，那时导演还没有失踪呢。

"总之要趁他还没发觉快点搞定。只能这么办了。"

"可剧本还没出来，也没法开拍，他只要去谁家盯个梢，马上就会发现电影根本没在拍摄。"

"盯梢？他不至于做出这种事吧。"

我这么说笑，但久本是认真的。

"都说了他会做！之前有一次没告诉他外景地在哪里，结果他尾随主演跟过去了。"

那糟了。我想起来，刚才我还含糊不清地说采景"基本快结束了"呢。我战战兢兢地跟久本说了这件事。

"这可不妙。他盯上的或许是莲见……你告诉他莲见是主演了对吧？嗯……真难办……"

"先让大家在片场集合，做个拍摄的样子如何？"

我说完，马上注意到这里有个致命的缺陷。

"可剧本怎么办呢？不就没进展了吗？"

久本沉默了片刻，又继续说道："——只明天一天的话，应该还可以试试。能搞清楚那家伙到底盯没盯梢，也许还能有人帮忙想想对策。你能安排吗？"

"好的。"

幸好很多人还没走。挂断电话后，我们马上分头行动，通知拍摄的工作人员和演员们计划有变，明天十点在片场集合。大家都问原因，但我没有细说，只告知明天再说。这么做的原因，是我的大脑中闪过了"窃听"等非现实的想象，还有就是觉得"要想骗过敌人，先得骗过自己人"。

单做完这件事，就已经三点了。

"哎呀，严重超负荷工作。都这点了，也不是吃盒饭的时候了。喂，可以回家了吧？"

水野拿起小背包，想赶紧回家。我刚才当然也这么想，但不知为何改了主意。

"再看一次样片吧。我还是不满意。"

"不满意？什么啊？剧本大赛吗？"

我点头。

"虽然有无尽的可能性，但我觉得导演的想法肯定不会甘于平凡。"

水野露出吃惊似的笑容。

"你说什么呢！当初第一个说没必要猜导演想法的不是你嘛！"

"话虽如此……可我就是无法释然。肯定有遗漏。导演应该是设置了奇怪的诡计，一般人肯定想不到的那种。"

"你是不是对导演的评价高过头了。说到底就是个解谜电影，对吧？这么多人你一言我一语地讨论，这不行那不行的，还有可能会遗漏吗？我可不这么想。当然，我也觉得导演准备了很好的剧本，但不一定非以凶手出乎意料为目的啊。"

确实，我也认为水野说得对，但还是有种难以释怀的感觉。

"导演的行为本身就挺奇怪啊，肯定和这次电影有关。你不这么觉得吗？"

"和电影有关？那家伙怎么说呢，他不会是对黑帮的女人下手，到处逃亡去了吧？我一直是这么觉得的。"

我还真不知道这家伙一直这么想。

"怎么会！真要像你所说，一般情况下应该向朋友求助啊？导演没有躲其他任何人，只是在躲着FMW——躲着我们啊。这点毋庸置疑。"

水野像是在思考。

我继续说道："总之再看一遍样片就回去——你要一起吗？"

水野耸耸肩。不知是答应还是没答应，我觉得哪个都无所谓了，没有再问他。

"我也想一起看……可以吗？"

我回头一看，美奈子盯着地板站在那里。

5

"雨好像差不多停了。"

薮井说这句话时，立式钢琴上方的时钟正指着三点。所有人瞬间看向窗户，马上又低下头，恢复了原来的姿势。

五十铃和贵雄紧贴在一起，精疲力竭地靠在一张长椅上，细野、辰巳分别让身体陷在单人沙发中。只有薮井伫立在窗边，从窗帘的缝隙往外看。林护士的尸体盖着床单，依然躺在中间的沙发上。他们看上去就像某处未开化的部族正在举行古代葬礼一般。

"可能是心理作用，感觉有股难闻的气味。"片刻的沉默之后，辰巳开口道。

细野医生慢慢地转头看向他那边，漠然地摇头。他的双眼已经充血，像哭肿了一般。也许不仅是刚才一直拼命喝威士忌的缘故。

"你是想说……尸臭？是心理作用吧。她死掉才三个小时。这房间的气温也没那么高，离开始腐败还早着呢。"

就算听他这么说，辰巳好像也很在意，不时用手遮住鼻子。连贵雄和五十铃都用力闻着味道，皱起了眉。

五十铃像是受够了般大叫道："我受不了了！一直要这样到什么时候！"

"谁也没有强迫你啊。困了就去卧室，锁上门不就得了。"辰巳冷眼盯着她，这么说道。

她狠狠地瞪向辰巳，但马上就低下了目光。

"到底……是谁啊？谁把她给……"

辰巳听到这句话，环视所有人，用讲课般的语气开始说："我听到惨叫冲出去，就碰巧遇见同样冲出门外的贵雄。我们的房间相邻，所以他不可能杀她。这个连我都知道。细野、薮井、五十铃，是这三位中的某人杀害了她。当然，前提是鹭沼润子女士真的卧床不起。除此之外，我完全无法推断。因为我对死去的她和你们的事几乎一无所知。"

"五十铃姐不可能杀人！那时她正在洗澡呢。"贵雄面色苍白地为表姐辩护。

辰巳轻轻点头，看向细野。

"这样的话,还剩下两人。只能是细野先生和薮井先生——"

"说什么蠢话!当然不是我。"细野发泄般地说,指着薮井,"是那家伙!完全搞不清那家伙在想什么。让人瘆得慌。"

或是借着酒劲,或是面对异常事态时的兴奋,他的语气变得非常粗鲁。可薮井即便被人这么说,也只是稍稍皱了下眉,完全不想为自己辩解。

辰巳逐个盯着他们看,片刻后开口道:"刚才我也说了,你们有所隐瞒。那件你们在隐瞒的事肯定与这次的杀人案有关。难道说,你们一直都知道凶手是谁,在包庇这个人吗?"

细野笑了,那笑声像是在打嗝儿。

"包庇?哪有什么包庇!我不是说凶手就是那家伙了吗?"

他这么说着,再次伸手指向薮井,但酒劲儿一上来,身体好像就不听使唤了,手臂摇摇晃晃怎么也指不准。

"难道你还想扮演个侦探什么的?"

对五十铃的问话,辰巳重重点头,回答道:"要是有必要的话。"

"别开玩笑了!你究竟是什么人?到底来这深山里干什么?"

"不是都说了我迷路了吗?可能是上山时走错了路,发觉不对劲时正好碰上了山体滑坡。"

五十铃哼了一声,伸手将长发挽起。

"谁知道呢。你一来就发生了命案。我们和林护士的关系都很好——算不上太好吧——但肯定不会杀害她。你说凶手在我们中间，可在场的人中最可疑的不就是你吗？"

辰巳受到声讨，很开心地哈哈笑道："你的说法很有道理啊。刚闯入个来历不明的男人，就发生了命案。正常人都会怀疑呢。可我刚才说了，我和贵雄是在二楼房间里听到的惨叫声，只有我和他是绝对不可能实施犯罪的。听懂了吗？"

五十铃紧咬薄唇，像是不愿认输一般说道："说听到惨叫，也有可能是你在撒谎啊。"

"哎呀哎呀，你连贵雄君说的话也要怀疑吗？他也在同时听到了惨叫声呢。"

被点到名字的贵雄插嘴道："我不知道听到的是不是真的惨叫声……"

辰巳像是斥责他一般说道："你说，那不是惨叫又是什么呢？她如今被人杀害难道不是事实吗！"

辰巳一脸混杂着悲哀和愤怒的表情，再次逐一瞪着鹭沼家的每个人。五十铃、贵雄、细野、薮井——在这样的视线前，每个人都压低了目光。看上去，每个人心中都有不可承受之重。

"啊，对了。"

我不禁念叨出声。

6

"你是想到什么了吗?"样片刚结束,帮忙放映的水野就走进来问道。

他是听见我在片子快结束时出声了吧。美奈子故意不看我这边,但也没有马上起身,似乎在留意听我俩的对话。

"想到一点……"

"什么啊?告诉我。"

"不行,现在不能说——我写出剧本试试。"

"剧本?这样啊。看来你相当有自信啊……就告诉我一点点如何?只说凶手的名字也行嘛。"

水野的声音突然变肉麻了。

"都说了不行。"

"小气!"

水野噘起嘴。美奈子听到这些,扑哧一下笑出声来。她说想一起看样片,我还挺开心的,以为她态度软化了呢,但当我盯着她看时她又马上低头,起身要走出试映室。

"啊,美奈子!"

她迟疑着回过头。

"什么事?"

"不一起吃晚饭吗?"

她低着头,半天没回答。她是在思考,看来有戏?

"是三人一起吗?"

"这家伙无所谓啊。看你的意思。"

听我说完,水野鼓起脸,摆出一副生气的架势。

"三人一起的话可以。"她犹豫着回答,但看上去已经不生气了。在我看来,她似乎有些无地自容。难道事到如今,她在为之前那莫名其妙的态度而后悔?是的话倒好……

"我想过了,"走进附近的意面馆,点完吃的,她磨磨蹭蹭开口,"导演可能是在想什么奇怪的诡计,比如立原你之前说的那种,只有电影才能呈现的叙诡之类的。"

"什么样的?"我有点吃惊地反问,但她的视线似乎在我和水野中间游移不定。

"我还不太清楚。比如……至今为止所有内容都是在拍电影之类的。"

在……拍电影!我吃惊地看向水野。他一脸怀疑地皱眉。

"至今为止全是?然后喊一声'咔',说这其实是在拍摄。是这意思吗?怎么会?他又不是佐杜洛夫斯基,还是说,他要学电视上的恶搞综艺那一套?"

水野一笑置之。

"要是仅此而已,就跟那些恶搞综艺没什么两样了。应该多少有些不同吧,我觉得要按常理去推理谁是凶手是行不通的。要更……怎么说呢……必须要考虑到这就是一部电影。对了,说凶手是大柳登志藏,如何?他突然出现在镜头里,大叫'一切的元凶都是我'。"

虽然我觉得这主意也挺傻,但若是那位导演,真做出这种事也不奇怪。靠不同的拍摄手法,这或许能成为一部形而上学的电影,获得部分评论家的好评。可喜欢这种题材的观众或许比喜欢西田的气球诡计的观众还要少,导演不在,光我们几个可拍不出这样的结尾。

这些话我还没说出口,她就自己摇头否认道:"不是……那种可不行。那种电影没人爱看。导演这次似乎很有信心,认为电影会受欢迎……"

水野边舔嘴唇边插嘴道:"最后的结局搞成玄幻片如何?鹭沼润子的亡灵才是凶手,把剩下的人全都杀了。最后两分钟要是这个剧情,肯定让人目瞪口呆。"

这当然会让人目瞪口呆了。

我指出这其中最大的问题:"是要让须藤的母亲演亡灵吗?"

"啊……"

水野闭上嘴。

"这种单纯异想天开的、将之前一切都推翻的结尾是不行的。观众以为是侦探片才来看,我们必须让这些人接受才行。先破案,之后再加一段玄幻的剧情倒是可以。"

如她所言。先从逻辑上破案,之后再来个大反转,有玄幻剧情的推理片也有不少。电视连续剧《麦克劳德》中有一集也穿插了关于吸血鬼的故事，结尾是追捕将被害者鲜血抽干的杀人魔，那凶手从大楼窗户一跃而下，众人下楼一看却没有尸体，只有一只蝙蝠飞走了。

但这样的结尾也有条件，就是那些案件本来就具有神秘色彩。案件本身跟超自然毫不相干，最后却突然用亡灵或超能力结尾，一般人都无法接受吧。

意面端上来了，一时间我们都安静地吃面。我点的山药泥意面，美奈子吃的是明太子意面，水野的是纳豆意面。

"立原你想到的……不是叙诡吗？"美奈子冷不丁问道。

"不是。这和叙诡不一样。之前我从没考虑过叙诡，我觉得导演也不会这么拍。"

真是这样吗？我能说导演不会用叙诡吗？我有点不安。那部电影会用叙诡的手法吗？

水野的脸色一下亮了，开口道："这样如何呢——失踪的那个人，那家伙若是凶手呢？情节是这样的，那男人原本就是个罪犯，只是躲在附近，结果被护士发现了，他这才杀人灭口。"

这个想法也不错。作品中没登场的那个人才是凶手，小说里不是没有先例。要是只在报纸的新闻报道中出现过的那个人才是凶手，确实很出人意料。我想起一部希区柯克的电影，片名是《怒海孤舟》。希区柯克有一点很出名，就是他每次必定会在自己的作品中露面，而这部影片只围绕漂浮在海上的小小救生艇展开，结果他是在报纸上的减肥药广告中出场的。

但这也有问题。

"那，谁来演呢，那个凶手？"

"那个……只能再去找个人？不太行呢。"

也不是说绝对不可能，但导演没在，就算找到新演员也很难签合同。

最后我只能告诉自己，刚才想到的解决办法无疑才是导演的想法。除此以外，这部电影没有更好的结尾了。

第七章　再次开拍

1

十一月二十五日。天空中阴云压顶，气温骤降。集合时间是十点，但我提前三十分钟就到了片场。想到先前那个影评人或许正在蹲守，四下看却也没见人影。我松了口气，但又告诫自己还不能掉以轻心。

我跟正门岗亭里的保安大叔打了声招呼，就快步走进仓库区般的片场，来到最里面的影棚。已经有十名工作人员到了。十点前所有人都到齐了，我确认外面没人后，关好了门。

"到底怎么回事。没有剧本怎么拍啊？"

细川之前就一直发牢骚碎碎念，这次正式向久本发泄出来。

"其实发生了一件难办的事……"

久本把这句话说在前面，就开始讲述昨天发生的事。

"评论家？就为这么个家伙，也不必把我们都叫到这里集合啊？真是的。我不还得写剧本呢吗？"

谁也没把刀架你脖子上逼你写啊——我话到嘴边又咽了回去。

"可那个叫佐藤的家伙出了名的难缠。当然，他本人就是坚持想来片场看看，但要是听之任之，他马上就会发觉我们没在拍摄。他要是觉得奇怪，去找个认识的杂志记者之类的聊起来——"

久本中途停顿，像《爵士春秋》里的罗伊·谢德那样双手摊开。当然，他应该并不是想说"演出现在开始"，而是想表达"一切就都完蛋了"吧。

细川继续焦躁地说："这个我知道，我也听说过那个人。但就算这样，我们也不能整天关在这里，一声不响地什么都不做啊。"

我有了个想法，插嘴道："大家看这样如何。不用全员集合，分三拨人交替来就行。这样从人数上看也没那么异常，在剧本写完之前，每人也轮不到几次吧。"

"是、是啊！就这么办！快点排班吧。"

美奈子、须藤等好几个人头挨着头，考虑日程安排。演员的话，极端点说只有一个人在片场也不奇怪，但工作人员的人数不能太少。今天我们来的人数基本就是底线了。但要是把本来跟拍摄无关的剪辑、美术相关工作人员，还有文员动员起来的话，凑起来的人数也能说得过去。

剧本评审日是十二月一日,离今天还有五天,再加上之后久本修改润色也需要五天,合计十天。我把这十天尽可能平均给全员排了班,公布了排班日程。

细川又马上开口:"明天开始可以按计划来,今天怎么办呢?非要待到晚上才能走吗?"

我刚想回答,突然发现完全忘了预备盒饭了。当然,即便有盒饭吃,一直闲待在这里想必也挺痛苦的。

"就当拍摄收工早,待到两点左右就回去也没关系。"

听说到两点就行,大家都同意忍耐一下。细川和美玲他们跟往常不同,坐的位置很分散,每个人都在写笔记或是思考。看来,他们都想着写剧本的事呢。

我和水野走出摄影棚想帮大家买些零食,顺便侦查一下。就在这时,佐藤突然出现在眼前。看来他还真是尾随别人进来了。

"休息吗?那能不能放我进去?"

我慌忙背着手把门关紧,使劲摇头。

"不、不行!我们有规定,绝对不能让任何外人进去。"

"大柳导演的规定?"

我点头。

"那能不能让我和大柳导演聊两句?"

我又没法说导演不在,到底怎么把他糊弄过去呢?我瞥了水野一眼,当然他也靠不住。

"导演好像在思考问题,这种时候连我们都得离他远点。"

他"嗯嗯"地点头,看表情倒没生气。

"这样啊。那我等他拍完吧,你帮我告诉他一声。"

"您说等他拍完……我们也说不准到底要几个小时啊……"

"这我都知道。不管花几个小时,我今天都在这里等他。你就跟他这么说。"

佐藤这么说完,就离开我们走到摄影棚墙边,靠墙放着一把貌似是垂钓用的便携式折叠椅,他就坐在那把椅子上开始看书——《百年孤独》,还能看见他放在椅子旁边的挎包里有点心、面包和其他书。

他似乎做好了打持久战的准备。仔细看去,他又圆又胖,像是套了很多件衣服。看来除非下雨,他是不打算挪地方了。

"喂,该走了。"

下雨吧,下雨吧,我们一边念经般嘀咕,一边走出片场朝超市走去,把他一个人留在那里。

据说之前(到底多久之前呢),这片区域除了片场之外什么也没有,但现如今也早就被住宅用地开发的浪潮所吞没,既有超市,也有录像带租赁店,对我们这种打杂的来说真是非常方便。有时为了临时修复快坏掉的布景,我们得来回跑好几次,买胶带、尼龙绳等物品。

"我说,那家伙真打算在那里不挪窝了啊。怎么办啊?"

刚进超市,水野就说。

"唉……"

先把所有饭团都拣到购物篮里。虽然不够所有人吃的,但也差不多了。

"要是我们回家时他还在,一看根本没有导演,不就直接露馅了吗?"

我没想到这点,停下手,看向水野。

"这样就糟了……怎么办啊?"

水野接连想出了各种办法。

"暴力——总之先作为最后的手段。这样你看如何,跟他说家人出车祸了,把他叫到某家医院去。"

"谁来说呢?被他发觉是骗人之后该怎么办?"

"那……给他端茶,让他喝下加了安眠药的茶水。趁他呼呼睡大觉时,我们赶快回家。"

"你傻啊!他会冻死的!"

"把他搬到门卫室或其他室内的地方,让他睡在那里不就好了。"

一瞬间我真的在认真思考这是否可行,但马上把这想法从头脑中甩开了。

"不行。这不快接近犯罪了吗——不,这是名副其实的犯罪,大概是吧。"

"哦,是吗?要不把那家伙赶走,只能让导演偷偷逃跑了。"

"啥？"我没听懂，反问道。

"就是啊，想办法去分散那家伙的注意力……不对，就算不这么做，也可以说导演在他上厕所的间隙回家了，这不得了。"

"他要是不去厕所呢？"

"撒尿什么的还是会去的吧。找个人盯着他，用对讲机联络。他一去厕所我们就'结束拍摄，收工回家'。等那家伙撒尿回来，就跟他说导演今天身体不舒服之类的，已经回去了。"

我觉得有点难，但或许也只有这个办法了。

我们随便买了些杂七杂八的零食、面包等就回到了片场。佐藤还保持着与我们离开时完全一样的姿势在翻书。看上去还是有些冷，看他咚咚直跺脚，我心里稍微踏实了些。虽说难缠，他毕竟还是血肉之躯嘛。

我们稍稍点头打了下招呼，走进摄影棚，飞快地关上门，生怕被他看到。

2

拍外景时，为了拍摄远景，对讲机是必不可少的设备。摄影机和演员的距离很远，声音根本传不到那么远，这时就要用对讲机联络。

因此，就连我们公司也配备了能使用民用波段（CB）的专业对讲机，不是那种小孩子的玩具，也不是租来的哦。虽然只有三个副导演有证书，但大家都随意在用。这严格来讲是违反《无线电使用法》的，虽然我们只有三个人有证书，但跟其他剧组相比估计还算多的。

幸好搬运其他器材时里面正好有对讲机，我把一台对讲机揣在外套里侧就走出了门。马上就十二点了。外面的佐藤抬头扫了一眼，但马上又低头看书了。

我走出片场，绕了个圈又回到摄影棚后方，隔着铁丝网看着我们的摄影棚以及赖着不走的佐藤。

我拉出天线打开开关，按下发送按钮小声说话，没开扬声器，而是用耳机收听对方的声音。

"我是小约翰。已到达位置。请讲。"

这时有个中年妇女从我身边经过，她边走边扭头看我，眼神就像看到了什么不干净的东西。一把年纪还玩什么对讲机抓人游戏，这人是神经病吧。估计她心里就是这么想的。

久本的声音极其清晰地传了过来。

"很好。目标一有动作就联系我。事态也有可能发生变化，请每隔三十分钟联络一次。好吧？"

"了解。"

我关掉开关。这个对讲机的机型比以前的体积小，但一直拿着也觉得沉，我就把背带挎在肩上，靠在路边一副寒酸相的行道树上开始监视。但还没过几分钟，我就冻得直打哆嗦，待不住了。我始终让佐藤处于我的视线范围内，开始四下走动，要是不走走的话，真的冻得受不了。拍外景时我都没忘记带上暖宝宝，今天却没带来。

已经有十分钟了吧，我这么想着看了眼手表，才过了五分钟。我强迫自己别总去看时间，即便如此到三十分钟时，我已经看了十次手表了。

"目标依然没有动作。请讲。"

"继续监视。"久本轻描淡写地说。

又过了三十分钟。

"目标——"之后的对话省略。

一点十五分。我有种不好的预感。换句话说，我的肚子开始疼了。腰部受凉，冷气透进肚子里来了。我一边继续监视，一边斜眼看着片场对面的咖啡店，心想要是实在忍不住了就去那里吧。佐藤还跟之前一样，不畏严寒，泰然自若地看书。

光是这么在同一个地方转悠就很引人注目了，何况我还捂着肚子弓着腰。一位两手拎购物袋的大妈跟我搭话道："哎，小伙子，你这是怎么了？"

东京还是很有人情味儿的。我没有因此心生喜悦，只露出大概挺僵硬的笑容，回答她我没事，刚想离开——

"你脸色很不好啊。"

"真的,没事。"

其实我真有事,依然感觉要冻僵了一般,额头却开始滋滋冒汗。已经到极限了。但只要挺过这一波,应该还能有片刻的放松——

佐藤动了。他站起来,把书放进包里,两手空空地小跑起来。他要去哪里,厕所吗?想去厕所就能去,一瞬间我真的对他羡慕得要死啊。

这不是羡慕的时候。我边嗒嗒地走,边从肩上摘下对讲机,用颤抖的手按下开关。大妈一脸不可思议地看着我,踮着脚追逐我的视线落在了哪里。我顾不上理她。

"首席!他动了!就趁现在!"

"好!"

听到这句话,我连对讲机都等不及关,就跑进了咖啡店。等从厕所出来,边喝着不那么好喝的咖啡边望向窗外时,我才意识到,要是从一开始就在这里监视他就好了。

透过这里的窗户,可以清楚地看到正在顶撞久本的佐藤,以及其他工作人员的身影。

3

三班倒的假装拍摄姑且是按计划执行下来了,佐藤或许是坚持不住了，没有再次出现。也有人说他正悄悄藏在某处窥探这边的情况，但应该没这回事。我觉得堂堂电影评论家应该不会做出这种事吧。

表面风平浪静，一眨眼就到了十一月三十日，我把总算写出来的剧本交上去了。交的人除了之前预料到的细川、美玲、薮内、西田、森一干人等，还有须藤和第二摄影助理金城，大概就这么些人。

然后第二天，十二月一日。被选中的是——我的剧本。没演到凶手的演员们当然激烈反对，都主张自己的剧本才是最好的，但久本说已经敲定了，没有让步。我们又假装拍摄了四天之后，终于可以再次开拍了。

拍摄本身就和往常一样。久本就像被导演灵魂附体般对我们怒吼，反复试戏试得都烦了，一天接一天地通宵。

不到十分钟的剧本，硬是花了整整一周时间才拍完，到十二月十三日，离计划杀青还有一天的时候，事态发生了急剧的变化。

4

我一不小心睡过头了。回家睡觉时已经凌晨三点了，但今天还是九点集合。九点十分多一点我从车站跑到片场，发现正门聚集了一群人。大概有十来个背着沉重的变焦镜头相机的人，像是新闻记者，貌似正在跟保安大叔争吵。

我有种极其不好的预感，本想装作若无其事地走过去，但也行不通。

"抱歉！让我过一下！抱歉！"

我从后面这么喊着想穿过人群，但录音机的麦克风和相机镜头却冲向了我。

"您是在 Film Makers Workshop 工作吗？"

同时被问到各种问题，但我只能听到这句话。

"是的。"

虽然已经预料到肯定是坏事，但下一个问题简直是晴天霹雳。

"听说大柳登志藏导演失踪了，请问是真的吗？"

我没法马上回答。各种话语在脑海中此起彼伏，但我没找到任何合适的回答。

"您在说什么？"

"这个啊，这个！"

对方将一份折叠好的体育报纸递到我眼前。我马上就明白了，这是登载佐藤影评专栏的报纸。虽然只是娱乐专栏，没有占据整个版面，但还是用大标题写着："大柳导演，电影拍摄期间失踪？"

完蛋了，之前的辛苦都打水漂了，我隐隐地想。腿脚立刻没了力气，光站着都觉得很累。我好不容易才用尽力气重复道:"抱歉。我是底层员工,什么都不知道。请让我过去一下。我是第三副导演,什么都不知道。请让我过去一下。"

即便如此他们还是在大喊大叫,我捂着耳朵把他们推开,进入片场后直接跑进了摄影棚。摄影棚里,包括久本在内,所有人都早就到了,正凑在一起说话。

"首席!那些家伙到底……"

须藤沉默着递给我报纸。刚才也是只顾吃惊,没仔细看内容,我这才得以快速通读这篇文章。

"本报记者获悉目前延迟杀青的《侦探电影》导演大柳登志藏(54岁)失踪的消息。据可靠消息称,大柳导演几周前就没有回到自家住所,片场也不见人影。据大柳导演家的家政妇A称,大柳导演创建的独立制作公司FMW(Film Makers Workshop)里没有任何一位员工知道他目前的下落。因为没有报案申请找人,警方没有进行搜索,所以导演的失踪原因不明。导演不在的情况下,FMW目前似乎仍在进行拍摄。"

是那个佐藤干的。还以为他已经放弃了,结果还是我们太天真了。他既然知道我们在导演不在的情况下拍摄,肯定是在某处监视着片场。看来他最终还是成功从静姨那里搞到消息了。不知是不是他亲自去做的,但毫无疑问是他指使的。

"这之后……会怎么样呢?"

我问久本,他只是苦着脸摇头,什么都不回答。

我自己想了想。

首先，导演应该用各种抵押从金融机构也借了钱。那些机构要是听到这个消息，马上就会来问吧。因为是大柳导演出品才放心借钱，这部电影若是没他在，对方当然不会给我们出钱。对方会说跟之前讲好的不一样，要求还钱。我们哪有钱还。抵押的房产会被冻结。

警察应该也会有所动作。导演是不是真失踪了，真失踪的话为什么不报案，警方或许会调查这些。我们的所作所为应该没有触犯法律吧？或许我们已经对包括银行在内的所有出资者实施了——诈骗？或许不会有人被捕，但或许会被责令停业。要是停业一个月——不，就算是半个月，也赶不上一月十五日的首映了。

我还意识到一件更糟的事。之前支付给片场和摄影器材公司的支票会被拒付吧。就算不涉及犯罪，任何业务也都没法开展了。

一切都有可能发生。导演消失这件事若是被爆出来，所有我们之前预想的事情都会发生。

会破产的。

我环视众人的表情。每个人看上去都十分疲惫，很受打击。所有人都知道。

"会……破产吧。"

我这么说出口，但毫无现实感。我之前一直觉得破产这件事只存在于另一个世界。我们虽然是家小公司，但大柳导演可是专业人士，只有少数导演可以用有限的预算和时间接连不断地拍出值得花钱一看的影片，他就是其中之一。虽然整个电影界都停滞不前，常年为人手不足而苦恼，但其实每个制片方都在运筹帷幄，比如转型制作录像带。一般没人会想到公司突然破产的情况，没有现实感也是自然的。

"你说破产？别开玩笑！"大叫出声的是莲见。这句话似乎代表了演员们的心情，一直在后面忍耐的细川他们也目光严肃地盯着我。

"今天一天就能拍完了吧？那就赶紧拍——可别忘了，我们也出资了呢。"细川继续说道，"拍完电影我们就不愁了啊。就说不知道导演失踪了，电影已经拍完了不就得了。"

久本看着他们叹气，摇头道："没那么简单。媒体都来堵门了，无论我们说什么，只要导演不出现，任谁也不会相信我们的说法。就算电影能拍完，最后能不能上映都不好说。"

对了，还有上映的影院。当然，就算是极少数，但只要听说不是大柳导演的电影，肯定有影院不同意上映。

莲见像是发泄焦躁情绪般冲久本说道："可是……就算这样也没办法啊！我们能做的只有拍摄，不是吗！其他还能做什么呢？我不太清楚，电影完成和没完成，状况不是完全不同吗？哪个家伙搞不定，就把影片放给他看，问他行不行不就得了？要是对方觉得片子能卖座，就不会撤资了。我说得不对吗?"

"可……出资人是看大柳这个名字才出钱的……"

久本欲言又止。

"公司破产对他们来说也不是好事。他们应该会选有可能把本钱赚回来的方法吧——总之要先有电影,没有电影的话一切都白搭。"

被莲见步步紧逼,久本环视众人,似乎不知该如何是好了。

须藤点头道:"干吧,首席。"

每个人的心情都一样。反正也是破产,历尽艰辛拍到了这个程度,若是付之一炬,大家都不能接受。希望把电影拍完——这就是大家共同的心愿。

久本站起身,拍了两三下屁股,深吸一口气大声说道:"好。S134,开始调试设备!"

《侦探电影》的最后一幕在欢呼声中开拍。这应该是FMW最后一次拍摄了。明天开始会怎样、该怎么做,明明所有人都被不安所困,却都对此只字不提,而是像往常一样继续拍摄。

我出神地想,这不就像孩提时期在课本里看到的《最后一课》一样吗?

当久本为最后的镜头喊出OK时,有人开始鼓掌。虽然平时也会这么做,但这次的掌声却此起彼伏一直持续,摄影指导玉置用力握着久本的手,流下了泪水。

这时,我注意到有人推开门冲出了摄影棚,便转头看去。

是美奈子?

我迟疑片刻,追了过去。在连月亮都没有的黑夜中,美奈子避开门缝中透出的光,手扶在墙上,一动不动地伫立在那里。

"你怎么了?"我冲她的背影问。

她的身体一下子僵硬了,只转过头,发现是我,小声说道:"没事。"

不可能没事,没事的人不会突然跑出来——我想说这些话,但被她那种奇怪的气场所压制,没能说出口。

她突然就地蹲下,两手遮住脸。我走近她,发现她的肩膀在抖。

"怎、怎么啦?发生什么事了啊?"

她摇头,两手仍然盖在脸上。她是在哭。我把手搭在她的肩膀上,听到她的轻声呢喃:"对不起……对不起……"

"哎?"

听我询问,她抬起头。泪水在微弱灯光的反射下闪闪发光。她把手放在我的胳膊上,像是在控诉。

"我已经受不了了……我……欺骗了大家……受不了了……"

"欺骗?你说骗了大家,是什么事呢?"

"我……我……知道导演的下落。"

我的头脑极其混乱,这已经超出了我的理解范围。导演失踪的消息隐藏到最后关头却泄露给了媒体,FMW濒临破产危机,然而总算拍摄完成,我也沉浸在一种异常的解脱感之中。然后、然后她——美奈子却流着泪说她知道导演的下落?

"你、你说什么?"我边笑边问。这玩笑可不好笑,这是至今为止我听到的最不好笑的玩笑话了。

"我……一直都知道。虽然知道,却装作不知道!"

她紧紧抓住我的胳膊,手指似乎要嵌进我的肉里,但不知为什么我却不觉得疼。我低头看着一直说"对不起"、不停道歉的她,拼命地想理解这些话是什么意思。她知道"导演",这时说起电影导演,应该是指大柳登志藏吧。"下落"?是指现在他在哪里吗?导演失踪了,当然就是下落不明了。她说"知道",到底是什么意思?

我不知道。我什么都不知道。她不可能一直都知道导演的下落。这种事不可能。这是谎话。

"对不起——"

她这么一直重复。

5

　　我什么都没说,留下她独自走出片场。我需要时间思考,不想和任何人说话。我本想漫无目的地走走,却不知不觉走到了车站,就这么直接回家了。我被骗了吗?我——我们所有人都被她骗了?为什么?她为什么这么做?

　　回到房间,钻进冰冷的被炉,我终于意识到这个问题的答案。一切都是导演安排的,她所担当的就是导演的帮手——间谍的角色。

　　我现在才意识到,之前自己一直觉得不对劲的事情是什么。

　　酒店着火时,导演想到自己或许被电视记者拍到才换了酒店,我只差一点没抓到他。那只是运气不好,没什么可奇怪的。但之前在池袋没抓到他就没法解释了。一般没人在晚上退房。在银座时是因为酒店着火这种特殊情况,但在池袋时到底是什么原因呢?那时我要是再深入想一想就好了。那样的话,真相就能更早浮出水面了。

　　我想起在池袋"La Mer"的前厅得到导演的消息之后,美奈子去了一次厕所。那时她肯定是去给导演打电话了,告诉他赶快离开那里。她从一开始就缠着我让我不要去找导演了。好意?当然不是。全都是算计好的。

　　心中涌起反驳的声音,我硬是把它压了下去。

她变奇怪也是从那时开始的。那时她肯定是因为欺骗我、放跑了导演，心里有了罪恶感。没法和我好好说话也是这个原因。这么想来，也能解释当时她态度为什么会急剧变化了。

但我不知道她为什么要老老实实听导演的话。当间谍欺骗大家，她为什么要担当这个角色呢？还有，导演最初为什么要策划这出愚蠢的闹剧呢？丢掉电影，甚至将自己的公司暴露在破产的风险中……

黑暗中，电话铃声突然响起，我吓得哆嗦了一下。战战兢兢地拿起听筒，是水野打来的，能听到后面传来音乐和喧闹声，应该是在某处庆祝呢。

"怎么回事，你还真回去了啊？怎么了啊，一声不吭就回去了？"

"抱歉，突然有点急事。美奈子呢，在吗？"

"没在啊。久本还担心她是不是被你给带到哪儿去了呢。"

久本还是跟之前一样瞎操心。

"明天九点在办公室集合。你给美奈子也打个电话吧。先挂了。"

没等我回答，水野就把电话挂断了。他不喜欢打电话，经常只说完要紧事就挂断。

我迟疑片刻，没办法，只能往美奈子家打电话。我边想着她要是还没回家就好了，边等待对方接听。

"您好，我是永末。"

是位女士的声音，跟美奈子很像，但听起来却比美奈子年长很多。肯定是她母亲。

"我叫立原，请问美奈子在吗？"

"在的。请稍等。"

心脏怦怦直跳。她会接电话吗？我该说什么好呢？

"喂，您好。"

还没有想好就听到她的声音了。我发愁怎么回复，她那边开始发问了。

"立原？是立原吗？"

"嗯。"

"你在生气吧……"

我没有回答。我觉得没必要回答。

她像是在向我控诉般反复说道："我不愿意，真的不愿意。这点你要相信我！立原你和其他人都在拼命努力，我真的不愿意欺骗大家。但没办法！"

"为什么？"我声音嘶哑地问出这个问题。

她似乎犹豫了片刻，终于开口道："立原你不知道……久本和玉置他们这些老员工都知道的……导演是……大柳导演是……"

在她说出口前，我隐隐猜到了她要说的那个词是什么，可即便如此，真从她口中听到那个词时，我的震惊程度真的难以形容。

"我的——父亲。"

我无法回答,她像忏悔般地继续说了下去。

"一开始他说,要是我想去外面打工,还不如去他那里,让我在FMW打工。大学毕业后我希望真正从事电影相关的工作,母亲当然反对。她哪能让我在已经离婚的父亲手底下工作呢,但最终她还是让步了。我父母虽然离婚了,但现在他们关系也挺好。"

这时,我想起了之前和导演结婚的女明星的名字,好像是叫永末志保美。重要的事情不到最后都想不起来。

"决定来这边之前我们就说好了,工作上我和导演完全无关,认识我的只有从他们离婚前就和他一起工作的员工。我怕受人关注,也求那些人替我保密……喂,你在听吗?拜托,回答一句啊。"

"我在听。"

听到我的回答,她似乎放心了些,继续说道:"导演……父亲一句话都没说就突然消失,我真的吓了一跳。我没说谎,之前真的不知道。我很担心,也怕他出事。之后他就给我打来了电话,就是跟立原你在池袋见面的前一天晚上。"

对了,那天从见到她起,她的表情就莫名显得很晦暗。她应该是想到了之后或许会骗我,才露出那样一副表情的吧。

"他问了我好多问题,大家怎么样了之类的。我说明天和立原一起去池袋的酒馆找他,他说要是快找到他时一定要联络他。我不愿意。我跟他说我不愿意了。我问他为什么非得这么做呢，为什么不顾拍摄、离家出走呢。但他没有告诉我。他只说，是为了电影，让我不要作声，就按他说的做。他这么说，我也没法不听。我只能相信他是为了电影是为了公司……你在听吗？你说句话啊。你讨厌我了吗？"

"我希望听你全都说完。希望你把所有事都告诉我。"我没有回答她的问题，催促她道。我不想回答，但其实我也不知道答案。

她沉默了片刻，又继续开口。

"你应该已经知道了，我在前厅那里给父亲打了电话，跟他说我们接下来要去他那边……所以我看到你开心地说要找到他时很痛苦。对了，还有！你跟酒店前台说他或许是我的生父，那话是你编的吧？当时我吓了一跳。我还以为你知道了。"

她轻声发出了有些悲伤的笑声。我在淤泥般的记忆中寻找，好像是有这么回事。

"我太讨厌自己了，想着绝对不要再做这种事，才决定不和你一起找他了。若是立原你又要找到父亲时，我还得从中作梗。我一直没有说出父亲的下落，但也跟他说了其他事情我都不管了。我告诉他，如果他不想被找到，至少要藏在更隐蔽的地方。但那之后，他也会每天打来电话详细询问久本他们在琢磨什么对策。他问到的事我只能回答，但我还是难受得不得了，不想这么做。到公司和片场时，看到大家也难受得不得了，我好几次都想跟你坦白，但你没懂。我之前还想，你或许能懂我。"

她一直在独自痛苦。一想到这些，我开始责备自己的自私，又开始责备那个蛮不讲理、恶毒对待我和她的导演。

我说道："你不用解释了，我知道了。之前的事都算了——可是我还有一个问题必须要问。导演——或者说是你父亲，他到底是为什么要骗我们呢？为什么啊？"

"对不起，我不知道。我问过他好几次，他也不告诉我。但我觉得，既然他失踪的消息已经公之于众，那他也不得不露面了吧。他应该不会让公司就这么破产吧。或许他是想引发一些八卦话题，来提升媒体热度。"

我觉得或许这是他的目的之一，但原因肯定不止于此。若是能够被媒体关注，哪怕是很少的关注，都有可能引爆电影票房。但若是电影拍不完，这些全都白搭。导演到底有没有打算亲自把这部电影——《侦探电影》拍完呢？

"电影他是怎么打算的啊？是打算让久本他们拍出来，然后当作自己的电影公映吗？真正的剧本到底是什么样的呢？"

"我不知道……但当我跟他说了立原你的剧本之后，他笑了，说，这就行。"

笑了？这是什么意思？或许还是和导演的想法不一样吧。导演的剧本到底……

我想到这里，愕然意识到某种可能性。

"难道从一开始就没有剧本？导演他——他拍了个没有结尾的电影，期待我们历尽千辛万苦给他加个结尾？"

美奈子毫不吃惊地回答："我之前也这么想。我问过他，他只是笑，好像有什么更不一样的企图。"

这倒也是，我推翻了这个想法。那位导演平时那么固执己见，应该不会故意放任别人插手自己的电影。之前骗我们让我们拍摄，肯定也只是为自己的电影铺路。

"立原？"她吞吞吐吐地问道。

"什么事？"

"你还在生气吧。也是，知道自己一直都被骗了，肯定会生气。"

我也不知道自己是不是在生气。她坦白说她知道导演的下落时，我是备受打击，但记不清自己生没生气了。

"我不知道。"我老实回答。

"你说我什么都是没办法的事。但我希望你知道，我不是想打探情况才去接近你，只是听到你说电影的事，觉得很有趣，仅此而已。跟你聊天很开心。当时我根本没想到之后父亲会让我去骗你。"

简直就像谍战片里的情节，我想。跟神秘女人陷入恋情，最后发现她是敌方的人——这样的故事究竟有多少啊？这种剧情明明烂大街了，看电影的话都能猜出之后的剧情，落在自己身上怎么就没发觉呢？爱情片也是这样。前半部分热烈的爱恋，在一个小时后就会变得冷淡、双方互相谩骂，注定会有这样的场面。

恋爱？并不是说我跟她陷入了恋情。我当然没有。我只是对她稍微有那么一丁点兴趣罢了，才不是恋啊爱啊之类的。

"可以原谅我吗？"她问道。

之前从未有过的想法，从口中毫不犹豫地说了出来。

"哪有什么原不原谅，你父亲让你这么做，你也没办法吧？你也是为了电影，为了公司着想才这么做的……要是那位导演让我去做这些，就算我不是他儿子，或许也一样会这么做。"

"真的吗？你真的这么想？"

打开灯，才意识到之前屋子里有多黑，这种事常有。她的声音就跟这个感觉一样，就像一下子旋开了开关，光彩又回到了她的声线中。

"我真的这么想。"

真正的心情还有些许不同，但我还是这么回答。

我只是希望自己能这么想。

"太好了。"

微弱的声音响起。我能听见她抽吸鼻子的声音，我知道她在哭。

"太好了。"她反复地低声念道。

听到这些，我在想，是不是真的可以原谅她了。

第八章　杀青？

1

十二月十四日早上八点半,我推门走进办公室,看到导演泰然坐在正对面窗边的书桌旁时,我也一点都不吃惊。

"早上好。"

我像往常那样打招呼,并非是向某个人问好。已经来办公室的只有文员女孩、美奈子,还有久本——他一脸错愕的表情,似乎正要去质问导演。久本扫了我一眼,但是没有打招呼,他转过头,看向还在专心致志拔鼻毛的导演。

"这一切你都给我解释清楚!必须是合理的解释!"

"别这么大吼大叫的。我懒得一遍遍地重复,等所有人到齐了再说。你们就再多等一下嘛。"导演边比画出轰苍蝇的手势边说。

"导演,这次真的连我也生气了,你知道吗!我甚至在考虑是不是要退出这家公司,就看你的解释了。"

久本死死咬住导演不放，那态度连我都没见过。他说的是考虑离开大柳导演，我觉得这是理所当然的。无论有什么理由，肆意妄为到如此地步也不可饶恕。

我装作毫不在意的样子起身，冲了一杯速溶咖啡喝。

"退出？这又是为什么啊？"导演满脸意外地问，摆出让我也给他来杯咖啡的姿势，被我无视了。

"因为你太任性了，我真不想再奉陪了啊！忍耐也有个限度。你失踪的消息泄露得晚，所以还好，要是再早一天，就真的拍不完了！"

"拍？拍什么？"导演再次反问道。久本的怒气似乎一点都没有传达给他。这是在嘲弄久本吗？

"还问拍什么？当然是《侦探电影》了！要是不把你丢在一旁的《侦探电影》拍完，所有员工和演员都要喝西北风了！"

导演一脸迷茫地盯着久本，装傻道："《侦探电影》？那不是早就拍完了嘛？我把电影丢在一旁？你们觉得我堂堂大柳登志藏，会做出那种事吗？"

他的话太奇怪了。这大叔到底在说什么啊？我逐渐烦躁起来。

"不管我们觉不觉得，你实际就是——"

这时，好几个员工浩浩荡荡地来到办公室，边惊叫边一下子把导演围起来了。

"怎么回事啊，导演！""太好了！"有高兴的人，也有从吃惊中回过神，用怀疑的目光远远窥伺导演，交头接耳小声议论的人。水野慢慢挪到我身边，用手指戳了我一下。

"喂，这是怎么回事啊？"

"谁知道呢。"

我这么回答时，导演嗖地站起身来。只这一个动作，所有嘈杂声就消失了，只能听到有人清了一两下嗓子。

"各位。"导演虚情假意地称呼道，"之前不告而别，让大家白白为我担心了。真的非常抱歉。"

他少见地深深鞠了一躬，脑袋差点碰到桌子。

"不是担不担心的问题！"

久本的声音暴躁起来，但导演只瞥了他一眼，他就不说话了。

"抱歉，让你们担心公司会破产，媒体那边我会好好解释，不会再让那些无聊的家伙蛊惑人心了。"

"好好解释，您打算怎么解释呢？"我开口问道。

要是往常，除非被点到名，否则我是不会在这种场合发言的。但这次比较特别。导演一脸意外地看向我，我迎着他的视线。

"——当然，我都解释过了，失踪什么的都是谣言。"

"其实您不就是失踪了吗？甚至还用化名奔走在各个酒店？用什么牧野雅裕、山中贞雄这些老导演的名字，沟口、小津等人的名字您也用过吧？"

"用谁的名字是我的自由。"导演似乎有些生气地回嘴道。但只是让他生气,根本难消我心中怒火。

"当然是啊。这家公司也是您的,所以让公司倒闭也是您的自由,让电影半途而废也是您的自由呢!"

我又继续往下说,导演咂嘴打断了我。

"我之前都说了没人半途而废!你们这些家伙,没一个能懂我的。《侦探电影》已经全都拍完了。我完成的。"

"别开玩笑了!那算完成吗?那样有头没尾的,影片能那么结束吗!还是说你一个人去哪个酒店拍摄去了?"

导演边耸肩边轻飘飘地一言带过:"稍微有点不一样,但也可以这么说吧。"

他在说啥?我言语尽失,环视大家的表情。每个人都目瞪口呆,似乎跟不上事态发展了。

"0号片一周内就会做好。我本打算留到首映式再给各位看,这样的话就没办法了。这样吧……咱们就奢侈一把,就在平安夜试映如何?"

"0号"是最初洗印出来的完整的胶片。他说这个很快就能做好,到底是怎么回事呢?

久本一脸惊愕地小声嘀咕:"真的……真的完成了吗?"

"当然了。没完成的话,哪儿能公映啊?"

"那、那我们拍摄的结尾……"

"哼。就是那个自以为是的老三写的剧本?我才不管他呢。"

久本就像身体里的芯被抽走一样,摇摇晃晃地坐在了身边的椅子上。这就叫没了主心骨吧。

导演好像完全没有注意到他的样子,开心地补充道:"但或许能有什么利用价值呢。白白浪费胶片也很烦。你们拍了多少英尺?"

"大概有三千吧。"久本奄奄一息地回答。

"其中能用的有?"

"一千……"

一千英尺大概三百米,换算成时间的话是十分钟多一点。这个时间长度,只用了三倍左右的胶片,真的算浪费少的。但导演不满意地用鼻子哼了一声。

"哼。用太多了。十万日元浪费了。算了,先让我看看。"

看来导演的"解释"也就到此为止了。可他到底针对哪个问题、做了何种解释,我完全没搞明白。

姑且先这样吧,之后再好好地质问他也不迟。

我们向试映室走去。

2

仍然无法联络外界的任何人,这让鹭沼家的人们更加焦躁不安。辰巳像是鬼上身般对他们进行谴责和声讨,每个人都愈加憔悴。

薮井面色苍白,咯噔咯噔地走回客厅,他之前离开了片刻,好像是去厕所了。

"怎么了?什么事?"细野用责难般的语气询问道。

老人招手把细野和五十铃叫过去,叽咕叽咕地低声说了几句话。

"什么事?"辰巳很不安地欠身问道。

已经站起来的贵雄一脸讶异地挨近薮井他们。

"别这么神神秘秘的了。反正我们也是——"

辰巳刚说到这里,五十铃就伸手用力拉着表弟的胳膊,二人直接仓皇跑出了房间。薮井和细野也紧随其后。

"怎么了,到底?你们在慌什么——"辰巳正说着话,瞬间知道了他们要干什么。他像弹簧般跳起来,想要跑出去,但为时已晚。眼看就要到门口了,门被细野关上,响起"咔嗒"的上锁声。辰巳用力扭动门把手,但却打不开门。他弯下腰观察门锁,是那种老式门锁,从钥匙孔能看到外面,从门里和门外都能上锁。

辰巳起身大叫道:"你们要干什么!为什么要把我关在这里!"

"不好意思,就请您在里面老实待一会儿吧。"

薮井那压抑着兴奋的声音从厚实的门板对面传进来。

"薮井先生!您是发现什么了吧?是发现能够指认真凶的铁证了吗?您是不是找到证据能证明,杀害她的是你们之中的哪个人了！"

辰巳侧耳静听，已经没有人回答他了。

"你们休想掩盖案件真相！等警察来了，一切都会水落石出……薮井先生？细野先生？你们去哪儿了！混账！"

辰巳用尽全力捶门，但厚重的门纹丝不动。

"问题篇"在这里结束。也就是说，大柳导演的剧本到这里就完了。辰巳说薮井发现了什么，但不知道他的推测是否准确。

除了我和薮内的提议，其他人创作的剧本都对这些内容照单全收，想法基本都是薮井发现了证据，他只是想将外人辰巳排除在外，再研究对策去找真凶。而薮内的脚本相当华丽。被关起来的辰巳从窗户跳入雨中。当他还想破窗进入其他房间时，却被薮井用猎枪射杀了。把辰巳关在屋里其实是薮井设下的陷阱，是为了谋划让辰巳再冲进来一次，然后将他杀死。之后，薮井将事情的原委告诉了倍感震惊的五十铃等人，他坦白了自己的罪行，微笑着说"请你们来审判我"，就此剧终。

剧组没有选择这个剧本，而是选择了我的剧本，并不是因为我写得好，或许单纯是因为和之前提到的凶手都不一样而已。我满怀自信，这无疑才是导演所考虑的结尾，但似乎这个也不是——

3

辰巳砰砰地捶了一会儿门，但发现没有任何人来开门。他推开窗户向外偷看。雨很小，但一直在下。他耸耸肩，又把窗子关上，看向盖着白布单的尸体。他皱起眉，走回之前落座的沙发。

他似乎决定先放弃反抗，等待片刻。

然而，辰巳却无法平静下来，他咬着指甲，在沙发上坐立难安。他焦躁地来回打转时，目光停在了橱柜里的酒瓶上。

他调好了威士忌苏打，正在喝的时候，房门咔嗒一声开了。细野等人慢慢地走进房间。

辰巳开心地举杯说："家族会议这是结束了？不，薮井先生和细野先生也都算不上家人呢。"

"你到底是谁？"细野一副怒火难遏的表情问道。

"说、说什么呢？我就是一个碰巧路过的、不值一提的自由作家啊，之前我不是说过了吗？"辰巳冲他们笑道。

细野沉默着递出一样东西，当辰巳看到那件东西时，笑容僵住了。

"抱歉，我们去搜查了你的行李。这到底是什么？"

他手中的是本应放在辰巳钱包里的新闻剪报。

看到辰巳受到打击，细野继续说道："这个男人是在这附近失联的吧。一个男人迷路碰巧来到这里，还碰巧带着这条新闻，有这种可能吗？这种事谁会相信！你能否好好解释一下。"

辰巳的笑容像是冰雪消融般渐渐变形，不知不觉间，他的表情中最终只留下仇恨。

"没法解释吗——那我就来替你解释。这个失踪的男人是你的熟人，没错吧？"

看到辰巳没有回答，细野满意地继续往下说。

"虽然是我的推测，但这个男人应该已经死了吧——是被你亲手杀死的。"

试映室中响起肆无忌惮的笑声。是导演。我无名火起，却又没法抱怨。剧本本身写得如何姑且不说，我找到了让最出乎意料的人物——饰演侦探的辰巳当凶手的方法，还确信这肯定才是导演考虑的结局。混账，真正的结尾比这个还要好吗？我在心里咒骂了几句，感觉痛快多了，注意力再次回到屏幕上。

"您在说什么呢？"辰巳的声音中一丁点暖意也没有了。

五十铃和贵雄直直地盯着他，他好像完全变了个人。

"凶手肯定还会再回到现场，不都这么说吗？虽然不知是何原因，但就是你把这个男人杀死，又把尸体埋了起来，是吧？可是过了一段时间后，你心里开始不安，怕马上就被人发现。尸体就算埋得很深,像这样下大雨的话,也马上会露出来啊。"

细野的视线示意窗外。辰巳的额头上已经冒出点点汗珠了。

"您很擅长编故事呢。您这样的人应该去写小说才对啊。"

细野轻笑着开玩笑道:"你别说,我还真试着写过呢——但是失败透顶。"

辰巳的表情毫无变化。细野面露歉意地瞥了一眼身后的五十铃,恢复了认真的表情,继续说道:"当然,以上这些推测还没有证据,全都是我和他们的想象。但有一件事是已经搞清楚的。"

"哦,什么事呢?"

细野再一次转头看向五十铃他们,短暂迟疑后,断言道:"是你亲手杀死了林护士。"

一段时间内悄然无声。每个人都纹丝不动,连衣服摩擦的声音都听不到。

"请?您继续往下说啊。我真是满心期待呢。"

再次开口时,辰巳已经恢复了之前欢快的状态。他露出天真无邪的笑容,用过于开朗的声音催促道。

细野一边露出猜疑的目光,一边继续揭发:"你之前说,你和贵雄都没法杀害她,听上去就像是在替贵雄说话。我也相信了你的话,认为你们二人应该没法杀人。我原以为,要是贵雄听到的真是林护士的惨叫，你们肯定没法杀她。"

"原以为？这不就是事实吗！我——还有贵雄，根本没法杀她呀！"

细野轻轻点头。

"对啊，但前提是，你们说的那声惨叫确实是她被杀害时发出的。但还有另外一种可能，就是她看到了别的什么东西，发出了惨叫。"

辰巳已经不再插嘴了。

细野轻挑眉毛问道："你怎么不问，别的东西是什么呢？"

"您如果希望我询问，那我就向您请教一下。别的东西，是什么呢？"

细野满意地点头，回答道："当然是你杀死的那个男人的尸体啊。薮井刚才在森林里发现的。"

细野用下巴示意，薮井像是滑进了房间一般，开口道："我仔细思考过了。我一直知道，我们之中的任何人都没有理由去杀害林护士。从一开始就只有你一人最可疑。但你是在二楼听到惨叫又冲出房门的，谁都相信你没法杀害她。然后我想到，她或许是看到了别的东西才发出惨叫的，便决定去找找看。结果正如细野医生所说，我发现了那个，在后方的树林里大概十米远的地方，尸体就靠在树上。恐怕林护士就是看到这个，才发出一声惨叫的。"

辰巳轻轻哼了一声，插嘴道："你说有尸体，那就先相信你吧；说她是看到那具尸体才惨叫的，也无所谓。姑且先搁置她为什么穿一身睡衣跑进雨里的疑点，在她惨叫之后，我不是一直在和贵雄君、薮井先生一起寻找她吗？你说我怎么能杀害她呢？"

"确实，有段时间你是和我们在一起的，但你是第一个去外面的，碰巧就遇到了发现尸体想回来通知大家的林护士，你当场就袭击了她，用胳膊把她的脖子扭断杀害了她——是的，她并不是从楼上摔下来折断了脖子的，而是你趁在我们去叫细野医生的很短的间隙，把她杀死了。"

连绵不绝的阴雨中，一个全身湿透、奄奄一息、想要说些什么的女子，被一双有力的男人臂膀圈住脖子。在她发出含混声音的同时，响起枯枝折断般的声音。拍完她身体的痉挛之后，镜头从瘫倒在男人脚下的女子身上逐渐往上摇。腰、胸，然后是脖子……是辰巳。那个男人就是辰巳。

场景又回到客厅。

辰巳笑出声来。

与此同时，导演也笑出声来，边笑边起身。

"哎呀，杰作杰作。已经够了。"

他这么说完就慢悠悠地走出了试映室，对我们的失意熟视无睹。

我慌忙追在他身后。

4

"导演！"

我朝正走回自己办公桌的导演叫道。导演瞅了我这边一眼，扑哧一声笑了。然后，没想到他竟然道歉了。

"抱歉啊。你这拍得也不差。拍得很好啊。不用担心。"

我本来已经摆好架势，想尽情发泄一下怒气，结果却没了干劲。

"那您为什么……"

"那个也能有它的用途。你只要知道这点就足够了。"

"您是说可以用作插入镜头吗？"

在约翰·吉勒明执导的《尼罗河上的惨案》中，也将多处侦探推理案情的段落用合理的画面表现出来。我推测，导演是想把这个片段作为错误推理之一，插入到真正的推理之前吧。

"不对。不能那么用。是别的用法，但现在我还不能告诉你。"

究竟还有什么别的用法呢？我完全想象不到。这时，久本和几名员工也来了，应该是跟我一样追着导演过来的。

"导演……您觉得哪里不合适？"久本满脸不安地询问。

我还以为导演会像刚才夸奖我那样再夸奖他一遍，结果他突然怒吼起来，把我吓了一跳。我感觉马上也要连带挨骂了，一点点退到了后面。

"毫无可取之处！你之前都搞什么呢？拍摄技巧别用得毫无意义，这我之前都强调过多少次了？"

"是！我觉得我已经充分领会了，可……"

导演眼神锐利地瞪着他。

"充分领会？如果充分领会的话，那个从下往上的摇镜又是什么东西？无论观众多愚钝，不都能从情节走向中猜出那个男人就是辰巳吗？故弄玄虚地炫技，结果跟悬疑毫不沾边啊。只有不知道是谁的时候，这样的镜头才有悬念啊，不是吗？"

久本小声地"啊"了一声，马上咬住了嘴唇。

导演满意地坐回椅子上，伸手抚摸自己乱蓬蓬的头发，说道："但演绎得还算可以吧。怎么说呢，还是因为我给你们做了示范啊。"

刚才还说毫无可取之处呢，这不是自相矛盾吗？看来这就是打一棍子给个甜枣的策略。久本看导演就像看着救星一样，那表情给我留下了深刻的印象。

"刚才我跟老三也说了，那段片子还能用，不会浪费的，你放心就好。本来我是不允许你们随便拍那种东西的，但这次我也不是没有责任。就当特例，原谅你们。"

也不是没有责任，能这么说脸皮也真够厚的。你才是一切的元凶——我真想这么朝他大叫。不说点什么不行了。

"我觉得首席已经处理得很好了。您失踪以后,我们这边陷入了多大的恐慌,导演您知道吗?一方面要平息混乱、注意不让外人发现,一方面又要从头写剧本,把那段情节拍完,这有多困难您知道吗?刚才您敷衍了事,但到底为什么要欺骗我们,让我们遭这些罪呢?如果这点您都不跟我们解释,大家都没法接受。刚才首席说他甚至还考虑过是否辞职,我也一样。"

其他人也一个接一个从试映室回来了。这些人看样片都看到了最后。听到我们在争执,就远远在一旁围观。

"我、我也辞职。"吃惊的是须藤往前跨出一步,这么说道。这么一来,副导演组就没人了。

"看情况,我可能也一起辞职吧。"摄影指导玉置慢悠悠地说。这个人其实跟久本一样重要,他要是退出的话,导演应该会很难办。没有副导演就像是被拧下了手脚,但若没了摄影指导,就相当于少了半边大脑。而且如今这个世道,就算找也根本找不到能替代玉置的人。

导演的语气多少有些慌张,他说:"喂喂,大家是不是有什么误会啊?我就是拍完了电影想休息一下,去各处酒店转转,疏于跟事务所联络,不就仅此而已嘛。怎么就说到辞不辞职这种话了?"

都到这个节骨眼了,他似乎还想装傻。

"不行啊,导演。我全都听说了。"

我没有说出名字，用只有导演能看懂的动作，朝在后面看着这些的美奈子的方向瞥了一眼。导演假装"咳咳"地咳嗽，还想继续糊弄下去。

但这在美奈子爆炸般的发言来袭面前毫无用途。

"我也想问您呢，爸爸。"

此时，从每个人的反应可以清楚地看出哪些人知道她是导演的女儿。久本和玉置是最老的员工，他俩当然知道，灯光、剪辑、录音等各部门的主管似乎也都知道。

"爸爸？""她爸爸是谁？"

各处响起议论声。

美奈子轻轻地深呼吸，开始说道："大家听我说。很抱歉，我父母离婚后，我跟了母亲，虽然姓氏不一样，但这个人确实是我父亲。之前我都听他的话，和他一起骗了大家。多亏了父亲，我才能从事电影相关的工作，所以我没能违抗他的意愿。真的非常抱歉。"

导演的嘴巴弯成了〜形，他瞪着自己的女儿。

"大家都知道，我爸爸他这个人脑子里只有电影，是那种为了电影连家庭都可以牺牲的人。"

"我说啊美奈子，你怎么在这儿说这个……"

导演一脸困惑地插嘴，但被女儿狠狠瞪了一眼后，只能闭嘴。

"一直以来大家都在容忍我爸爸的各种任性行为，对此我很感谢大家。爸爸他或许不会说出这种话，所以我来替他说：一直以来，真的非常感谢大家。"

看她这么一鞠躬，有好几个人打量着他俩，虽然感到困惑，但也跟着一起鞠躬了。

"可这次大家真的忍无可忍了，我觉得这也是理所当然的。连我都无法理解。要是他没法好好解释，我就跟他断绝父女关系。"

她的姓氏已经改成永末了，而且也没有一起居住，所以她说的应该不是户籍上，而是情感上的断绝关系。直到此刻，导演才脸色煞白。事到如今他终于意识到女儿多么生气，多么受伤了吧。

"知道了、知道了。我承认我骗了大家，我道歉。但这也都是必要的。这部电影公映之后，你们就全懂了。你们的诉求是什么呢？不是要电影火起来吗？这次的电影应该会大卖特卖吧。我保证，还能给大家发奖金。"

我忍着烦躁插嘴道："能保证发奖金确实很难得，但我们想问的是，为什么这种事是必要的。您不要说什么公映之后就都明白了之类的话，您现在就在这里解释清楚。"

就差这一步了，我这么想着，砰地敲了一下桌子。声音比想象得大，连我自己也吓了一跳，我边掩饰着惊吓边说："这是怎么一回事！"

导演两手举到头顶，示意投降。

"知道了。我只解释这个——悄悄藏起来有两个意义。一是因为我有个感兴趣的问题，就是没了我你们会怎么办，也可以说是给你们的一次考验。特别是首席副导演久本，你也差不多到了可以独立拍电影的时候，对吧？我想看看你到底具备了多少能力，我甚至想过，要是可以，下次我只负责制片，就把导演的活交给你啦。"

"真的吗，导演！"久本说。他就差紧紧去抱对方的大腿了。

我觉得这话是他编出来用以平复大家情绪的。这话过于动听了，是不是真话无人知晓，但我毫不相信导演有如此慈父心肠。

"还有一个，是什么呢？"我问道。

我确信，解释时放在最后说的才是导演的真正意图。

导演稍微有点迟疑。

"嗯……怎么说呢，还有一个，就是……我想把大家如何完成《侦探电影》的过程制作成花絮录像，拿出去卖。"

"你说啥？"

惊愕的不止我一个人。每个人都是一副难以置信的表情，张口结舌地追问。美奈子也一样。这么说来，导演不在之后，这边都是她举着摄影机到处拍，这肯定也是导演的命令吧。

"花絮……录像？"

导演难为情地点头。

"啊,是的。虽然叫花絮,但这是史无前例的全新花絮录像。要问为什么,中途导演可是失踪了啊,这可不寻常。我不见时,你们那些着急忙慌的样子肯定被很好地收录在视频里了。导演不在,又没有剧本,那影片又是如何完成的,这才是观众感兴趣的焦点。

"只有工作人员慌张还不够,我就想让演员也着急,因此才让他们投资的。每个人都说自己才是凶手,这可是意外的收获啊!

"当然,录像里会介绍一下最初的拍摄情景和部分电影剧情,之后再加上你们自己拍的结尾,告诉大家真正的结尾请到影院观看。这就是现在流行的跨平台多媒体宣传矩阵吧。

"录像带的面市和电影公映同步进行。录像带仅供出租,还没想到要卖。总之先出两万盒。我之前也去找了老熟人,翻录和商流都安排好了。你们不用有任何担心,只是之后剪辑部门可能还要再忙碌一下。"

说得什么乱七八糟的。这些话都毫无道理。

"您……这是假话,对吧?"

久本刚才的喜悦一扫而光,脸似乎一下子变绿了。导演还沉醉在自己的梦中,久本的变化,他还没有注意到。

"怎么可能是假话,这肯定会成为很棒的录像带,跟那种寻常的花絮可不一样。就算剪辑也得超过一个半——不,超过两个小时了。与其说是录像带,倒不如说是纪录片,所以时间这么长也没关系吧。看过录像带的人肯定忍不住要去看电影。要是再给媒体走漏一些风声，肯定会引起巨大的轰动。看过电影的人肯定也想看录像带。"

这打的可真是如意算盘。我也并不是没这种感觉，但我突然注意到了一个词。

我问道："再给？"

再给媒体走漏消息是什么意思？

导演似乎要说"糟了"，他慌忙捂住嘴。

我又问了一遍："这是什么意思啊，再给？"

导演支支吾吾地说："不是……其实，把自己失踪的消息透露给媒体的——其实，就是我。"

之前我们一直都目瞪口呆，吃惊得下巴一直都在掉，但最震惊的莫过于此。因为那件事，我们被记者逼问，甚至做好了公司破产的心理准备，还以为肯定是评论家佐藤正纯泄露的消息……

"那……不是佐藤在片场盯着才……"

"佐藤？啊，我收到美奈子的联络，跟他说让他别去了。那之后他不就没再去嘛。盯着片场？你觉得有人会做出那种事来吗？那全是我设计的。我知道还差一天就拍完了，所以想搞点乱子出来。不是挺热闹的吗——怎么了久本，你怎么直哆嗦。感冒啦？"

久本像鱼一样嘴巴一开一合，想说什么，最后却什么都没说出来。他突然撞开周围的人,跑出了办公室。

"那家伙怎么啦,看起来好像很生气的样子?"导演诧异地询问。

这时,美奈子朝他怒吼道:"他当然会生气!您把员工当什么了?当成爸爸您随意操控的木偶吗?我可不是开玩笑!大家都相信您,为了拍出好电影才聚到这里来帮忙,不是吗!拿着低工资给您工作,可不是为了给别人当笑料的!"

"从结果上来看,确实是欺骗了大家,所以我刚才也道歉了嘛——"

"结果上?这不就是有预谋的吗?而且您明明一丁点歉意都没有——您真的很让人讨厌。我也非常清楚妈妈为什么要离开您了。我不承认跟您是什么父女关系,今天开始我们之间就一刀两断。"

导演不服地反驳:"喂,刚才你说我不解释就跟我断绝关系,现在我不是解释了吗?都解释了你还说不承认父女关系,不觉得自己很过分吗?"

"这解释您不觉得太过分了吗!您完全没搞懂自己做的事有多过分——各位,你们都很清楚了吧,这个人,就算跟他说他也不会懂的。要是觉得这个工作没什么盼头,趁早离开比较好。立原——"

"啊,在?"突然被叫到,我慌了。

"我有话对你说,可以跟我出来一下吗?"

导演用饱含杀意的目光恶狠狠地看向我，那视线可不单纯觉得我是个"狂妄的第三副导演"。

我回答道："是啊。再在这里待下去也没意义了，我跟你去。"

我们两人刚要走，导演的声音就从身后追了过来。

"等、等等，美奈子！你难道真跟这个男人——"

5

我们就这么沉默着一直走到了车站前，走进蛋糕店二楼的咖啡馆。在窗边的位置坐下，从这里能看到高架站台上正在上下车的乘客。我们二人都点了咖啡。

"刚才你说的是真的？"我先开口。

"什么？"

"说要断绝关系。"

她低头笑了。

"就是单纯想吓唬他——无论如何，父女终归是父女。"

"这倒是……不过好像挺有效的，是吧？"

"他是觉得我不会再见他了吧。他最怕的就是这个。"

原来如此，论策略，看来还是女儿更有手腕。

咖啡端上来了，我们喝了一口，沉默了片刻。

"那个……你还记得吗？"

"什么？"这次轮到我问了。

"你之前不是说给我看电影吗？"

"电影？"

反问之后才想起来，第一天拍摄完工后，在聚会上我是说过这话。

"啊啊……那个啊，我以为你都忘了。"

我自己几乎都忘了，事到如今，我也想不起来当时是为什么要说那种话了。那部拿不出手的作品连我自己都不想再看了，当初为什么想给她看呢？

"那个邀请已经作废了吗？我……又做了很过分的事……"

她是希望我说"别放在心上"吗？是希望稍微减轻点罪恶感吗？或者，不止这些——

"我昨天也说了，不是美奈子你的错。"

她一下子抬起了头。

"那能让我看那部电影？"

我稍微犹豫了一下，回答道："不，那个还是有点……我们去看路演吧，其实我也挺喜欢《寅次郎的故事》的，怎么样？"

我还确信她肯定喜欢，但吃惊的是她厌恶地说："我不喜欢。我甚至觉得，喜剧一直没能在日本扎根就是因为《寅次郎的故事》。摆出一副这就是日本喜剧代表作的姿态，每年都要拍。在这期间，日本根本就找不到、也拍不出真正有趣的喜剧电影了。"

她说的话我都能懂。

"可'寅次郎'也挺好玩的,而且我觉得约定俗成每年拍一部也挺好啊。"

她生气地反驳道:"这我承认。我想表达的是,怎么说呢,就是因为内心贫乏——哎呀,我本来没想说这个。"

我发现自己认识到了她的另一面。她并非喜欢所有我喜欢的东西。回头想想,这才是正常的,两人的爱好不可能完全一致。我们之前对电影的喜好是那么一致,甚至让我忘了如此简单的事实。

"总之,我就是想看立原你拍的电影——不行吗?"

如果爱娃·玛丽·森特从一开始就把计划告诉加里·格兰特,他根本就不会被卷入谍战中,也不会有死亡的危险。但即便知道是她和间谍同伙让他身陷囹圄,当得知她有生命危险时,他还是只身闯入了敌人的巢穴。

这就是英雄。

我在想这些时,因为想到了一件无聊的事不禁笑了起来。

"你怎么了?"她担心地问。

"没,我就是想起点事情——水野他啊,非常讨厌加里·格兰特,说是他最讨厌的演员之一。你猜为什么?"

她露出一副困惑的表情想了想,好像还是想不明白,摇头说:"不懂。为什么?"

"因为他跟褒曼有过'电影史上最长接吻'的镜头。"

她笑得全身颤抖。

"《美人计》？是因为《美人计》这部电影才讨厌他的？"

"就是这样。可笑吧？"

看见她笑，我也更觉得可笑了。两人一起笑了一会儿。

"抱歉。我没想转移话题。这样吧，我出个谜题，你要是能答出来就都听你的。要是真想看，我就把以前的电影给你看。"

这对我自己来说也是赌博。要是就这么简单地原谅她，我觉得这个心结一直也难解开。要是她能答出我的谜题，之前的一切不愉快就当作没发生。

"可以啊。请——"

要是题太简单，对我来说就不是赌博了，但要是出太难她答不上来，我也会很难受。脑中正好出现《西北偏北》的片段，我决定从这里出题。

"那天我们也聊到《西北偏北》了吧，你好像很了解。"

"因为我喜欢这部电影。"

"那你应该能回答出来。《西北偏北》——原名是 *North by Northwest* 对吧。这究竟指的是什么呢？"

她表情中闪现出一丝不安。是不知道吗？万一她不知道呢？要换个问题吗？

终于，她微微一笑，给出了答案。

是正确答案。

从这一刻起,我才第一次意识到自己一直爱着她。

6

那之后,除了很少几个人,大家都不去公司了,到十二月下旬,FMW 实际上已经结束了制片工作。

还没想过之后怎么办。就在这时,我收到了导演用打字机打的类似《邀请函》的文件,内容看上去没个正经。

"平安夜不想和好影片一起度过吗?Film Makers Workshop 敬呈、大柳登志藏导演新作《侦探电影》0 号片即将在十二月二十四日下午六点试映!同时为前来观看的观众准备了很棒的礼物,请一定要来观看哦。"

我正看内容呢,水野正好打电话来了。

"喂,你那边——"

"邀请函是吧?收到了收到了。"

"果然。那你怎么打算?"

他这么问,可我也刚看到,还没想好呢。

"没想好呢……你打算怎么办?"我反过来问他。

"还是……只能去吧?这样下去的话,不太好。"

"那你问我干吗?"

"不是……我就是想知道其他人会怎么做。你怎么办?"

"要是大家都去,我就去。"

"你这家伙真够随便的。"

"不是,我一个人反抗也没用。我觉得要是不去就大家说好都不去,要是去就全都去。你说呢?"

"这倒也是。好,咱俩分头行动,问问大家,根据询问的结果决定是都去或是都不去。这样行吧?"

我没有异议。

结果,我们决定全员出席。

一般来说,影片拍摄开始和结束的时间都没那么明确,这期间是没有暑假、新年假期的。能休息的时候就休息,仅此而已。即便如此,我也从没像平安夜前一周这么充实地休息过。

先是应美奈子的要求,邀请她去我家看我以前拍的影片。《决斗!单车篇》是一部短片,任何人都能从片名联想到这是对斯皮尔伯格的影片《决斗》的戏仿,只是把里面的汽车换成了自行车而已。开局是主演青年在绿树成荫的自行车道上畅快骑行,结果被一个边抽烟边骑车,穿着骑行装、身材高大的男人超过了。烟味飘过来,呛得他直咳嗽。他很讨厌闻烟味,就加快速度超车。而高大男人不知怎么想的,全力提速又反超过去,超车之后,就减慢速度阻碍他——

就这些,是一部全片几乎没有台词,只有暴走的"动作巨献"。因为是业余水准,确实也没办法,有的地方曝光过度，有的地方曝光不全，都挺凑合的，噪点也明显。还有一些执意寻找奇怪拍摄角度的地方，是一部汇集了独立制作常见的各种缺点的作品。

但是在途中，主人公猛地冲进停放高大男人自行车的咖啡店，发现长吧台旁坐了一排穿着相同骑行服的高大男人，这个场景美奈子很喜欢。他环视店内，无论男女，大家都是同样的装扮，还有穿着同样骑行服的小孩，骑三轮车从主人公脚边经过——

"这与其叫《决斗》，还不如叫《低价侦探》呢？你看啊，彼得·福克去见'胖子'走进店里的场景——"

"你很敏锐啊，我确实也想到那个了。可这很难弄啊。我不是没钱嘛，也不能为了这么一个场景去做衣服，然后我就拜托大学的公路骑行爱好者协会来出演了。即便如此，人数也不太够，你仔细看的话，就能看到同一个人在多个场景出现。当然，只有那个小孩子的衣服是特意定做的。"

我很开心。她虽然敏锐地指出了结构上的问题和拖沓的部分，但总的来说还是很享受的。

我们一起出去吃饭，她说还想再待一段时间，但还是回家了。不过第二天，她就反过来邀请我去了她家，还把我介绍给了她母亲——原女演员永末志保美。她母亲毫无架子，非常随和，母女说话时就像朋友一样，我也能很自然地加入她们的聊天。我在她家吃过晚饭才回家。

隔了一天，这次是外出看电影。我们找到一家正在上映大林宣彦《滑稽的二人》的影院，这是一部少见的我俩都没看过的电影。看完后，两人都心满意足。

其实我已经很久没和女生看电影了。最近一次还是在大学的影研时，有个可爱的女孩来参选女演员，我邀请她去看《天堂之门》。那个女生在看电影时一直在问我"那人是谁""什么原因""为什么呢"，刚走出电影院就说"真是无聊啊"。那之后，我就不再邀请女生——不，是不再邀请不了解对方爱好的人看电影了。如今想想，我当时选影片时确实是乱来。被沙石和尘埃覆盖，一望无际的质朴（而美丽）的画面，让对方连续看三个多小时，除非是特别喜欢电影的人，否则确实是一种痛苦。她说喜欢《猎鹿人》，我相信了才带她去看电影，之后才知道她是在电视上看的，想必是边跟家人聊这聊那边看的。

我想起这些，吃完饭回家途中邀请美奈子去我家。

"不行，今天已经太晚了。"

明明才九点——我咽下这句话，下定决心问出我一直想问的话。

"美奈子你……有恋人吗？"

她刚要回答却又闭上嘴，得意地一笑。那笑容中似乎有什么企图。

"有啊。"

我拼命不让自己的脸上表现出失望,但从她那满意的笑容可以得知,我并没成功。

听到她的回答,我从心底后悔。之前我就应该注意到啊。

"我的恋人就是……电影啊。"

她说完这些,伸了伸舌头。

"我的恋人,一直都是电影!"

也就是说……现在没有恋人,之前一直也没有过,是这个意思吗?

"我……也是。那你最近要不要移情别恋一下试试?"

我半开玩笑地问,她一副考虑的表情。

"嗯,怎么办呢……今天就算了。今天我睡觉时要想着竹内力和三浦友和。"

这两个确实都是好男人。

"这样啊。那我也决定,睡觉时想着南果步。"

"呵呵……你这是什么啊,不就是好色嘛?"

"可能吧……或许是吧。"

"肯定是。我都说了你就是好色。"

"你自己还不是一样。"

"女生又没关系。"

她如此断言,我们两人都笑了。

我回到家,睡觉时想的女人并不是南果步。如她所言,我感觉自己确实有点好色。

7

　　这周基本就是这么过的。平安夜到了，对我来说，这种半截子电影怎么样都无所谓了，比起看这个，我更愿意跟美奈子约会。但一想到这个试映结果有可能关系到公司是否会垮掉，也没法说出这句话。

　　在这家公司工作是我谋生的手段，而大柳导演是我奋斗的目标。要放弃这两样还是没那么简单的。大家三五成群地在试映室集合，导演在众人面前讲了一席话。

　　"各位！欢迎赏光。好像有许多老面孔呢（这句话当然是挖苦）。之前我们好像没能相互理解，但我相信，看过今天的影片，之前的不愉快都会一扫而光——人都到齐了吗？好，那我们就早点开始。"

　　导演没有坐在椅子上，而是走向了放映室的方向。也就是说，导演要亲手为我们放电影。这还真是难得。

　　光线变暗，随后，大柳导演版的《侦探电影》0号片开始试映。

　　之前都看腻了的第一幕：空镜、鹭沼宅邸，还有鹭沼润子自杀被发现。但不得不说，成片确实跟样片不同，加入了音乐、字幕，让我切实感觉到这部电影已经完成了。结尾部分如何还不清楚，但我有种预感，这肯定是一部好片子。之前看电影时，开始觉得无聊，看过一会儿又觉得有意思的地方也很多，但"很有意思"的预感从没落空过。

山体滑坡的片段是用四倍速的标准速度对着十六分之一的模型拍出来的，但呈现的效果非常好，根本看不出用了模型。即便让专家看，对方肯定也会认为是用四分之一比例的模型拍摄的。

故事再熟悉不过，随着情节推进，试映室里充满了异样的气氛。是一种交织着焦躁、不安，还有某种期待的氛围。

导演到底是什么时候、如何完成这部电影的呢？这种事可能吗？不会就搞出一部有头没尾的荒谬电影吧？

所有人肯定都在这么想。

六十分钟过去了，九十分钟过去了，"问题篇"也马上就要结束了。薮井面色陡变，飞奔进门。细野、五十铃还有贵雄跑出屋外，将辰巳一个人关在会客室里。辰巳敲门，呼喊——

下一个瞬间，我们所有人都完全没有理解画面上发生了什么。

那是之前看过的画面。屏幕中出现了在某处看过的画面。虽然之前在某处看过，我却没能马上理解它为什么会出现在这里。

青山绿树。是被雨水打湿，在晨光中闪耀的场景。雨过天晴，是天亮了吗？

五十铃，还有细野、贵雄、薮井跑进鹭沼润子的卧室——

"母亲!"五十铃叫道。

与此同时,有人在试映室叫道:"这……不是第一幕吗!回到第一幕了!"

"闭上嘴好好看!"导演的怒吼声从试映室传来。

我们沉默地盯着屏幕。确实是回到一开始的胶片了。循环?无限循环的电影?真是荒唐。不可能吧。

"夫人她……去世了。"

有人说话。

"好像是……自杀。"

镜头给到了遗书和药瓶。

"骗人……骗人……母亲!"

五十铃放声大哭。

怎么回事?发生什么事了?为什么影片回到了开头呢?

那个瞬间我懂了。一切都懂了。这个场景的意义,故事中的多个谜题,导演荒唐地口出狂言,所有一切都一股脑儿涌向我的脑海。

美奈子在我身边茫然若失地念叨:"倒……倒序吗?"

我知道她的眼睛没有看我这边,但还是点头。是的。这是倒序。

画面到了众人展开遗书的场景,画外音响起,那是个似曾听过的女人的声音。我听了片刻才听出,这就是美奈子母亲的声音。她其实才四十多岁,但后期制作成了老人的声音,一下子没听出来。

"各位,对不起。因为警察早晚会找到这里,我决定把所有的事都写下来。

"这一切是从大概一个月前,那个自称是自由作家的男人进入这幢房子开始的。他的名字叫新堂。那会儿薮井出门买东西,阿林也正好不在,我才不得不出门待客。那个人给我拍照,我求他住手,却遭到了他的嗤笑。得知家中只有我一人时,他竟厚颜无耻地要拍整栋房子。我装作不再反抗,跟着他走,想把照相机夺过来扔掉。我们在楼梯上面争夺相机时,他滚落下去。当我走下去查看时,他已经气绝身亡了。我独自一人把他埋在了后院。万幸,薮井回来时我已经把一切收拾完了,或许是因为当时动作太激烈,之后,我的身体就十分疼痛,连走路都很痛苦。我觉得哪条路都不会长久,才叫来了五十铃和贵雄。"

还有一些人没看懂导演的诡计。我身后的美玲一个劲地低声咕哝:"为什么啊?那个人一开始不就死了吗?"

这就是所谓——美奈子所说的叙诡,经常出现在小说里的手法。某个场景之后会描写下个场景,若是不做任何说明,一般人当然会认为后写的就是时间上后发生的,关系上也更近。把很久之后才发生的事,描写成几乎同时发生的事,或是描写成先发生的事,这样的诡计就是叙诡。在第一天拍摄时，我还自以为是地在演员们面前就电影中的叙诡长篇大论了一番，可——

不能说卑鄙。因为这种电影有很多。我跟演员们提到的《丽人劫》就是一个很好的例子。从女影星的自杀开始倒叙，在解释她不得不自杀的原因之后，再回到第一幕。不是跟《侦探电影》一样吗！当然，即便是回到之前的场景，一般也不会直接使用相同的片段串联，但这个手法其实在很多电影中都使用过。

这个诡计之所以能成立，是因为直到最后才知道《侦探电影》是倒叙。仅此而已。

在一般的电影中这是没法实现的，但《侦探电影》是以辰巳这个外人的视角来展开的，讲述其他人一直都不让他见女主人。观众都以为，这是因为女主人死了，鹭沼家那群人才串通一气拼命隐瞒。然而事实就是杀死自由作家的女主人强硬地表明自己绝对不想见任何人（更何况辰巳同样是一位自由作家）。

正因为是这样一部电影，导演才没有告诉所有工作人员和演员电影的结尾，才这样搞了一次恶作剧。在普通电影的拍摄过程中，绝对不可能出现杀青之前没人知道结局这种事，但导演却把这种可能变成了现实，并将其作为宣传卖点之一。现如今，我能懂导演的心情了。当想到这部电影能把所有人骗得团团转时，他没能抵挡那种诱惑。

库里肖夫效应，我想到了这个词。将没表现任何演技的演员面部特写和死去女人的镜头相连后，观众从他的表情看到了怜悯之情，而与盛放了饭菜的盘子的镜头相连后，观众又从他的表情中看出了食欲——这就是库里肖夫效应。总的来说，就是观众会从演员的脸上看到他们所预想的表情。可以说这次的电影，正是用来验证库里肖夫效应长时间发挥作用的试验。而且，这个试验成功了。导演彻底骗过了我们。

我们也考虑过鹭沼润子其实有可能还活着，可那仅限于想到她的自杀有可能是骗局的情况，这种非同一般地运用蒙太奇的手法，我们连半点也没想到。

真的心服口服。

画外音还在继续。画面变成了躺在床上的鹭沼润子的尸体特写。

"之前我就知道，阿林隐隐感觉到了什么。我也想过，总要找个办法解决当时的困境，但没想到这时还会再来一位自由作家。我马上就明白他是为查找新堂的下落而来。阿林虽然不会跟五十铃他们说什么蠢话，但面对会耍各种手腕的记者，就很难保证她不开口了。

"我晚上去她房间是想打探一下她都知道什么，但似乎起了反作用。她之前似乎还不确信，一切恍然大悟后，她开始骂我是'杀人凶手'。我把她推开，但窗户好像没插好，她掉到了外面。我慌忙锁上门回到自己的房间,连她怎样了都来不及确认。我知道自己已经没救了,回到卧室也只有一个目的。

"我最终也无法忍受被人押送法庭,蒙受耻辱的境遇。我知道自己很无耻,但我还是决定吞下这些药。关于遗产,大家已经都知道了,遗书就放在保险箱里……

"请原谅我。"

之后在音乐声中,屏幕上开始出现演员表。《侦探电影》全片结束。正如导演所言,电影已经完成了,用一种谁都没有想到的形式出色地完成了。

受到的冲击像是吃了一记漂亮的过肩摔,脑仁还处于眩晕状态。

灯光亮起,我们每个人都一脸惭愧地相互对视。

"真服了,这个。"水野的这句话表达了所有人的心情。

导演坏笑着走进试映室。

"怎么样?我想听听大家的感受啊。"

"很厉害,导演,您就是天才啊!"

水野佩服至极,几乎要冲上去给导演捏肩了。

导演满意地点点头。

须藤抱怨道:"卑、卑鄙。怎么能这么用倒叙呢?倒叙就是倒叙,应该用某种形式展示出来。"

"很多作品没法一下搞清楚哪些镜头是倒叙。时间关系过于复杂,或是条理不清的。也有人会故意这么做,比如让－吕克·戈达尔——你觉得那种做法好吗?而且这部影片的第一幕中,辰巳登场的场景很明显能看出时间差,天气完全不一样的。早上那么晴朗,晚上却发生了山体滑坡,深夜下起瓢泼大雨?你们觉得会有这种事吗?那场雨持续下了两天,在发生案件的当晚才开始放晴——这么简单,稍微想想就能明白吧?"

这点连我都没注意。原来如此,听他说了才觉得奇怪。虽然说山里的天气变化无常,但就算傍晚开始下起倾盆大雨,一般来说也不至于引起山体滑坡。众人在会客室围住尸体的场景,表明了雨已经渐渐开始停了。但确实,当初根本没心情去留意这种事。

再没有人抱怨了。导演逐一看着每个人的表情,开口道:"对了,邀请函上不是写着有礼物吗?现在给大家——是奖金哦。或许有人会说我高兴得太早了,但对于想辞职的人来说,就当是退职金了,所以数目不小啊。不过,或许也有人说工作了这么久才给这么点……咱们回办公室那边吧。"

看来,导演是想靠金钱拉拢大家啊。我这么想着,却并没有任何不适感。就算没有奖金,我也不想离开这位导演,不想离开 Film Makers Workshop 了。大家发出一片欢呼声,争先恐后地走出了试映室。

《幕后花絮 of 侦探电影》

年后，在制作剧场版电影胶片时，我们一并制作了两万盒录像带，在一月十五日公映的前一天发往市中心约一万家录像带租赁店。不光是电影杂志，连周刊等都事无巨细地报道了导演玩失踪是为了制作录像带的事，还上了晚间新闻，话题度满满。

电影公映后，比导演之前乐观的预测还要更受欢迎。赞不绝口的影评（"前所未有的崭新尝试！""推理电影的新高度！"）和破口大骂的影评（"这不是电影，是欺诈！""完全把观众当傻子的电影"）大概四六开，但租赁录像带的顾客却争先恐后、逐日递增，远到九州、北海道的影院老板自己看过之后，也都来申请借电影胶片了。因为想借的人太多，导演决定多冲洗三卷胶片，这在FMW是非常少见的，是用"巨大成功"几个字都无法形容的壮举。

然而，对于花絮录像带的成功，我还莫名有种复杂的情感。我们每个人都得到了一盒录像带，作为亲历者，看过之后并不觉得开心。导演消失后召开全体对策会等,录像带里有很多我不想直视的场面。真够蠢的。被导演摆布,关于电影结尾也推测错误。大家都一样,尤其是我闹得更欢。一脸得意去说服众人的场景,让我看一次脸红一次。普通人在看这些场景时究竟会想什么呢?会想"这些家伙都被骗了,真够傻的啊",还是会给我们一点同情呢?

我虽然这么想,但一想到在全国各地的电视上都能看到自己,感觉还不算太坏。

"要是有星探来找我当明星可如何是好啊。"水野说。

"怎么可能。比起这个,或许更有可能有人看到我们如此认真工作,想来挖人吧。"

"是啊。要是对方给钱超多可怎么办?"

我们两人还这么担心呢,但这种事当然没有发生。

演员们不光从各自的投资中获得了相应的回报,电视、电影的商演似乎也非同寻常地增多了。西田因为太忙,退出了之前的造星公司。如今他正在学习唱歌,马上就要作为歌手出道了。

美奈子的"恋人"依然是电影,似乎近期没想过要移情别恋,我暂时满足于可以放心地和某个人一起去看电影了。

——暂时哦!

后 记

　　本书是一本以《侦探电影》为题，围绕侦探电影展开的小说。

　　原本想要是能写出一本以《侦探小说》为题，围绕侦探小说展开的小说，或是能拍出一部以《侦探电影》为题，围绕侦探电影展开的电影就好了，可惜没能如想象般那样顺利。

　　作品中也提到，电影导演梅尔·布鲁克斯曾拍过一部讲述如何制作无声电影的无声电影《默片》（Silent movie）。为致敬这部作品，我才为作品起名叫 Detective movie——《侦探电影》。如果您还是觉得这个题目很费解，那就口中念三次侦探电影试试呢。哎呀，真是不可思议，一开始本来不喜欢这个书名，现在竟然……还是一样不喜欢吗？哦，好吧。

　　言归正传。本书其实是一本"关于推理的小说"。要是用个比较难懂的词，或许可以说它是 Meta-Mystery，但作者本人可从来没有往难了想。比起这些概念，我更先想到的是情节。可我觉得要想这么写出来，至少作者本人对作品的态度要明确。换句话说，需要明确这部作品是不是推理作品。

（请各位将此处的"推理"一词理解为一个非常狭义的定义。）

我并没有什么高大上的创作意图，但觉得把本书称为Meta推理确实也说得过去。综合考虑到几乎所有现代推理作品都必定会含有Meta推理的要素，所以本书也应该还是推理作品吧。

另外，本书从表面上看，主要内容讲的是电影拍摄，我个人觉得这部分不是推理（即便其中包含几个谜题和案件）。将主要情节不是推理的作品叫作推理作品，我也还是有些抗拒。

虽说是我自己也没法判定的状况，但到最后这也是个相对哪个标准来说的问题，要设定一个所谓"推理指数"的标准，照着计算一下吗？如果各位对此问题有明确的观点和逻辑，还请一定要把您的见解告诉我。

有一点是可以明确的，那就是这部作品，是作者为喜欢推理的读者，还有喜爱电影的人们所写的。如果这些读者能够喜欢，那我就太开心了。这次（说实话）是以我不太了解的电影圈子为舞台，所以不仅查了很多资料，还请教了很多人。这其中有东映东京制片厂的生田笃先生，不厌其烦回答我的无聊问题的Kitty Films的齐藤先生和Kitty Creative的菊池先生。感谢各位！

因臆想、读错听错及其他原因造成的所有错误，都是作者个人的责任。（库里肖夫效应的相关描述虽引自《映画术》，但书中的表达是将希区柯克的话和注解结合而成的，望周知。）

一九九〇年十月

我孙子武丸

文春文库版的后记及补遗

能够借复刊之机，时隔许久再次读到这部作品，我真的感慨万千。

感慨的是，距写出这部作品时已经过去十九年啦，再有就是吃惊于自己在当作家第二年就已经写出这部作品了。这是我的第五部单行本，原以为自己在写出这本书时已经相当习惯写作了，忘了当时大概一年就能写出三部作品。放在如今挺难想象的。

总之啊，因为这是十九年前写的作品，有许多文笔稚拙之处，落后于时代的内容也同样不少，鉴于文库化时基本只会修正错字漏字等错误，或者捋顺一些读不通的句子而已，所以我在此仅对一些必要的部分，在回忆的同时进行一些补充。

关于电影的底蕴（？）。

如今一读，自己当时这样那样写了很多，好像懂得不少，实感惭愧。但怎么说呢，这都是"立原"的想法，又不是我的想法，所以也没办法。关于片场的样子和氛围，我去实地取材，也读了很多书，但直到现在也不知自己写出的感觉与实际情况到底有几分相似。只是这本书刊行之后，有位电影演员、剧组文身师兼爆破特效师，名叫栩野幸知的老师给我写了信，那之后我们就交上朋友了，只要他跟我说"这个不错"，对我就是一种鼓励。栩野先生长年在大林老师的剧组工作，他说也跟同事们推荐了这本书，大林导演本次能够接受我的不情之请，或许也是想起了栩野先生的推荐（告状？）吧。

栩野先生曾说："大柳导演，就是大林导演吧？俩人完全一样。"这当然不是的。大柳的外表，确实是照着大林导演那种感觉去描写的，但我其实从没听说过大林导演私人的一面和他在片场的样子，也没看过相关的书。

当然，我也不是按自己想象中的大林导演的样子去描写的。倒不如说，我是想塑造一个跟在电视上看到的那种言谈举止柔和的人有差别的人物。到头来还是让人联想到大林导演，真是不可思议（虽然这么说的充其量也就栩野先生一人）。

作品中登场的电影作品，如今大多已经看不到了，少有人知。其中也有大林导演的作品《滑稽的二人》。就算是喜欢电影的人，没看过这部影片的也相当多。在书中，立原二人看完这部影片后说的话或许会有些难懂，但其实啊，这部电影的主演正是竹内力，女主角是南果步，所以书中的二人只是单纯沉浸在刚看过的电影中,在回味情节而已。当时,竹内力可是个如今你根本无法想象的大帅哥,所以请别误会,并不是美奈子重口味,她是自然而然说出书中的台词的。就算不想承认,可谁能料到,那时的竹内力现如今变成了这副模样啊?

还有就是,文艺坐。

一九九七年时,曾经的文艺坐闭馆。二〇〇〇年,新文艺坐在原址旁边重修的建筑中再次开业——应该是这样吧,因为我到现在还没去过。仅从排片来看,上映的都是些很有文艺坐风格的作品,但最终只剩一馆之地,挺遗憾的。

话虽如此,还是先坦白一下比较好,曾经的文艺坐,我自己也不常去。我基本上住在关西,虽然只在东京住过短短一年,但在东京那一年,确实是我一生中看电影最多的时期。当时明明是个复读生,却在一年里看了近百部电影(当时录像带也还没那么普及,所以当然都是在电影院看的)。反过来说,我对东京这个大城市,还有许多处类似于文艺坐这种的名画座[1]周边空间的那种怀念和憧憬,如今也深藏心间。干净漂亮的综合性电影院在各处出现,而破旧的名画座渐渐消失的话,真的会让我落寞至极。

---

[1] "名画座"专指那些以第二、三轮放映日本及海外作品为主的电影院。它们多在单厅轮流播放两套影片(浅草的"名画座"通常连放三套影片),有经典日本国片与西片,也有最近一年在其他首轮上映院线下档的作品。

此外，我在作品中写了一些对日本电影现状表示担忧的言论，那些情况在近二十年也发生了变化。

当时正值日本电影业的低潮期，没有观众，剧组筹集不到资金。那时大家都说，即便拍摄娱乐大片，也无法匹敌好莱坞。

现如今，观看人数前三的电影中必定有日本电影，像宫崎骏、押井守、北野武这样，拍摄新作后一定会在世界范围内成为话题的导演也越来越多了。

但另一方面，目前最热门的貌似是以电视台为主制作的一些，可以在银幕上观看的类似电视剧的作品。日本电影的现状到底是好是坏，未来又将怎样，或许只能留待后世判断了。

City Road——《路演》。

曾有这样一本刊载电影等信息的地方杂志，相比《ぴあ》这本杂志的批判性更强，有更多看点，我也更喜欢，所以一直在购买。我还投稿过只言片语，想起来真让人脸红。后来这本杂志迫于《ぴあ》的压力而停刊了。放到现在来看，它应该跟 TV Bros 的定位差不多吧。

对讲机。

书中那个蹲守的情景，如今当然用手机就好了。但拍电影的片场似乎还在使用对讲机，即便有手机了，或许还是对讲机方便吧。

说下去就没个头了，就先到这里吧。

自己以前的作品，隔了很久之后再看，在惭愧的同时，也会感觉到其中有一些如今的自己写不出来的有趣之处，从而心生钦佩。每一部皆是如此。说实话，我这次也是一边想着"这写得不是还不错嘛"，一边开心地看完了样书。

希望第一次看本书的读者也能够读得开心就好啦。

二〇〇九年十月

我孙子武丸

电影引用索引表

尼罗河上的惨案，*Death on the Nile*（1978）·············· 11，12，224
东方快车谋杀案，*Murder on the Orient Express*（1974）········ 11，12
疯狂的麦克斯2，*Mad Max 2*（1981）·················· 15，16
湖上艳尸，*Lady in the Lake*（1947）······················ 16
圣洛伦佐之夜，*La notte di San Lorenzo*（1982）············ 16，37
早安巴比伦，*Good Morning Babilonia*（1987）············ 16，102
丽人劫，*Fedora*（1978）················ 17，18，19，246
控方证人，*Witness for the Prosecution*（1958）················ 17
日落大道，*Sunset Blvd.*（1950）························ 17
爱玛姑娘，*Irma la Douce*（1963）···················· 18，19
谍海军魂，*No Way Out*（1987）·························· 19
葬尸（盖棺了结），*Dead & Buried*（1981）·············· 19，20
僵尸（生人回避），*Zombi 2*（1979）·················· 19，20
圣山，*The Holy Mountain*（1973）···················· 20，21
鼹鼠，*El Topo*（1970）································ 20
恐高症，*High Anxiety*（1977）·················· 21，22，37
消逝于黑暗中，*Fade to Black*（1980）····················· 32
礼帽，*Top Hat*（1935）···························· 32，33

260

柳暗花明，*The Gay Divorcee*（1934）·················· 32，33

摇摆乐时代，*Swing Time*（1936）······················ 33

乐天派，*Carefree*（1938）···························· 33

飞到里约，*Flying Down To Rio*（1933）··············· 35

西北偏北，*North by Northwest*（1955）········ 37，38，235，236

两世奇人，*Time After Time*（1979）·················· 40

时光倒流七十年，*Somewhere in Time*（1980）············ 40

永不低头，*Every Which Way But Loose*（1978）········· 40

金拳大对决，*Any Which Way You Can*（1980）··········· 40

前世冤家今世欢，*Love at First Bite*（1979）··········· 40

粉雄佐罗，*Zorro, the Gay Blade*（1981）·············· 40

一夜风流，*It Happened One Night*（1934）············· 41

锦囊妙计，*Pocketful of Miracles*（1961）············· 41

夜长梦多，*The Big Sleep*（1946）····················· 41

大侦探对大明星，*Dead Men Don't Wear Plaid*（1982）···· 41

非洲女王号，*The African Queen*（1951）··············· 41

卡萨布兰卡，*Casablanca*（1942）······················ 41

北海龙虎榜，*North Sea Hijack*（1980）················ 41

傻龙登天，*Curse of the Pink Panther*（1983）········· 42

师弟出马（1980）····································· 43

一个国家的诞生，*The Birth of a Nation*（1915）········ 102

党同伐异，*Intolerance: Love's Struggle Throughout the Ages*（1916）··· 102

舐犊情深，*The Champ*（1979）························· 163

爱情故事，*Love Story*（1970）························ 163

父子泪，*The Christmas Tree*（1969）·················· 163

凯旋门，*Arch of Triumph*（1948）····················· 169

圣女贞德，*Joan of Arc*（1948）……………………………… 169

怒海孤舟，*Lifeboat*（1944）……………………………… 185

爵士春秋，*All That Jazz*（1979）………………………… 188

寅次郎的故事，男はつらいよ（1969— ）…………… 234，235

美人计，*Notorious*（1946）………………………………… 236

决斗，*Duel*（1971）………………………………… 238，239

低价侦探，*The Cheap Detective*（1978）………………… 239

滑稽的二人，日本殉情伝 おかしなふたり ものくるほしきひとびと
の群（1988）…………………………………………………… 240

天堂之门，*Heaven's Gate*（1980）………………………… 240

猎鹿人，*The Deer Hunter*（1978）………………………… 240

默片，*Silent Movie*（1976）………………………………… 252

TANTEI EIGA by ABIKO Takemaru
Copyright © 1990 ABIKO Takemaru
All rights reserved.
Original Japanese edition published by KODANSHA LTD. in 1990.
Republished as Paperback edition by Bungeishunju Ltd., in 2014.
Chinese (in simplified character only) translation rights in PRC reserved by New Star Press Co., Ltd., under the license granted by ABIKO Takemaru arranged with Bungeishunju Ltd., Japan through East West Culture & Media Co., Ltd., Japan.
Simplified Chinese edition copyright: 2022 New Star Press Co., Ltd.

图书在版编目（CIP）数据

侦探电影 /（日）我孙子武丸著；郑晓蕾译 . —— 北京：新星出版社，2022.8
ISBN 978-7-5133-4973-4

Ⅰ . ①侦… Ⅱ . ①我… ②郑… Ⅲ . ①推理小说 – 日本 – 现代 Ⅳ . ① I313.45

中国版本图书馆 CIP 数据核字（2022）第 111134 号

午夜文库　谢刚 主持

侦探电影

[日] 我孙子武丸 著；郑晓蕾 译

责任编辑：王　萌
责任校对：刘　义
责任印制：李珊珊
装帧设计：人马艺术设计 · 储平

出版发行：新星出版社
出 版 人：马汝军
社　　址：北京市西城区车公庄大街丙3号楼　100044
网　　址：www.newstarpress.com
电　　话：010-88310888
传　　真：010-65270449

读者服务：010-88310811　service@newstarpress.com
邮购地址：北京市西城区车公庄大街丙3号楼　100044

印　　刷：北京天恒嘉业印刷有限公司
开　　本：910mm×1230mm　1/32
印　　张：8.5
字　　数：110千字
版　　次：2022年8月第一版　2022年8月第一次印刷
书　　号：ISBN 978-7-5133-4973-4
定　　价：48.00元

版权专有，侵权必究；如有质量问题，请与印刷厂联系调换。